Gertraud Klemm

Muttergehäuse

GERTRAUD KLEMM

MUTTERGEHÄUSE

ROMAN

kremayr
scheriau

www.kremayr-scheriau.at

ISBN 978-3-218-01023-8

MIX
Papier aus verantwortungsvollen Quellen
FSC® C012536
www.fsc.org

Schutzumschlaggestaltung: Christine Link
unter Verwendung einer Illustration von alex.makarova/shutterstock.com
Lektorat: Tanja Raich
Satz und typografische Gestaltung: Ekke Wolf
Druck und Bindung: Druckerei Theiss GmbH, St. Stefan i. Lavanttal

Für alle meine Kinder

The claw
Of the magnolia,
Drunk on its own scents,
Asks nothing of life.

Sylvia Plath, Paralytic

Prolog

Ich bin fünf Jahre alt. Im Sonntagnachmittagsfilm gebärt eine Frau brüllend in Schwarzweiß, etwas geht schief. Sie liegt am Rücken wie ein Käfer, wirft den Kopf hin und her, der Arzt tobt unter dem Leintuch, er schreit: Saubere Laken! Heißes Wasser! Mehr heißes Wasser! Eine Dicke mit Kopftuch bringt eine riesige, dampfende Schüssel und stellt sie neben das Entbindungsszenario. Alle sind in Panik, nur der Arzt scheint zu wissen, wie gebären geht. Was macht er nur mit dem Wasser? Ich fürchte mich davor, dass er die Schenkel der Frau verbrüht. Ich bin überwältigt von Mitgefühl und Abscheu, ich habe mehr Angst, als in mich hineinpasst. Ich ziehe die Beine ganz eng an mich und schwöre mir, niemals Kinder zu bekommen. Die Schmerzen durchbrechen das knisternde Glas des Fernsehers und machen sich in meinem Kopf breit. Pressen, pressen, ruft der Arzt unter dem Leintuch hervor. Noch ein spitzer Schrei, dann schwenkt die Kamera auf den blassen Vater, der von seinem Warten erlöst wird. Das Wickelkind blickt ernst aus dem Fernseher.

Es ist ein Junge!

MUTTER

1.

In der Waschmittellade meiner Waschmaschine im Keller wächst was. Schleim, fleischig und vielfarbig. Ich weiß, dass es sich um eine Lebensgemeinschaft aus Bakterien, Pilzen und Protozoen handelt, aber ich frage mich, warum ausgerechnet dort etwas wächst. Das ist doch kein Platz. Ich würde hier nicht wachsen wollen.

Ich entferne den Film mithilfe einer halben Küchenrolle und eines chinesischen Stäbchens und werfe die schweren Fetzen in den Mistkübel. Ich desinfiziere die Lade. Von irgendetwas wird mir schlecht; und ich muss warten, bis ich wieder hinaufgehen kann. Geduldig sitze ich auf dem Fliesenboden.

So ist das, wenn man vielleicht schwanger ist. Immer ist einem vielleicht schlecht. Oder auch nicht. Dauernd diese Option. Seit wir versuchen, ein Kind zu bekommen, rechne ich. In Wahrscheinlichkeiten. In Eisprungzyklen. In 9-Monatszyklen. Falls ein Kind kommen würde. In Tagen bis zur Regel. Falls kein Kind kommen sollte. In Urlauben, die gebucht werden sollten, dann aber storniert werden müssten. In Zimmern, die benötigt werden könnten. In Kosten, die drohen könnten. Ist bald ein großes Auto fällig?

Bis wieder »nichts ist«.

Die anderen machen vor, wie es geht. Paare, die die Neuigkeiten stolz präsentieren. Frauen, die dicker werden. Gespräche, die so wahnsinnig interessant für Kinderhabende sind und schrecklich fad für Kinderlose. Themen, die sich eintiefen zwischen uns und denen.

Dann verschwinden die zukünftigen Mütter mehr und mehr und die zukünftigen Väter kommen öfter alleine. Irgendwann tauchen sie wieder gemeinsam auf, dann haben sie sehr, sehr viel Babyzubehör dabei und mittendrin die kleinen rosa Babys, über die dann so lange geredet wird, bis die Kleinen es unterbrechen. Wenn sie schreien, werden sie gestillt oder haben Bauchweh oder sind müde. Bei Bauchweh hilft nur Heimgehen. Die Schreie sind durchdringend und guttural. An den Schreien hört man, was alles falsch läuft in dieser Evolution. Wie haben die Menschen das nur früher gemacht, ohne Schwangerschaftsvorbereitung, ohne Babybäuchlein-Öl, Zahngel, Kinderwägen und Stilleinlagen?

Wenn ich nicht rechtzeitig ausweichen kann und ein paar Momente zuhöre, lerne ich sogar etwas. Ich lerne, dass sich die Themen mit den Schwangerschaftswochen verändern. Dass nicht nur Alkohol eine Gefahr für den Fötus ist, sondern Parmesan, Camembert und Beef Tartare. Dass Frauen unbedingt normal gebären wollen und Kaiserschnitte eine Niederlage für Mutter und Kind sind. Dass Hebammen wie Hexen mit Kräuterzigaretten auf den Füßen von Schwangeren herumräuchern, damit sich Babys drehen. Dass es offensichtlich eine Gebär- und Säuglingspflegeindustrie gibt, die an mir vorübergegangen ist. Ein Industriezweig, der wie alle anderen Industriezweige Modeströmungen unterliegt.

Es gibt auch eine Industrie für die ungewollt Kinderlosen. Osteopathinnen, chinesische Ärzte, Gynäkologen überweisen bei Bedarf an die Kinderwunschklinik, und das Internet ist hoffnungsvoll.

Die Kinderwunschindustrie eröffnet sich einem erst, wenn Defizite im Raum stehen. Sie ist allerdings eine verschwiegene, heimliche Industrie, nicht so eine hoffnungsvolle, sich überall anbietende und aufdrängende wie die Gebär- und Babyindustrie.

Es gibt neuerdings so unendlich viel über Kinder zu besprechen, dass die Gespräche überall sind. Im Zug, im Büro, in der Mittagspause, beim Nachmittagskaffee, zwischendurch bei einer wildfremden Person, die im Park telefoniert, am Abend, am Wochenende, in den Zeitungen, nirgends ist man sicher.

Erst wenn die Kinder abgestillt sind, wird es scheinbar wieder leichter, dann kommt man als Kinderlose wieder etwas zu Wort.

Auf die geschilderten nächtlichen Strapazen könnte ich verzichten. Aufs Gebären bin ich nicht scharf, aufs viele Kinderwagenschieben und Spielplatzsitzen auch nicht.

Man entspannt sich nicht richtig. Man will es zu sehr. Man hat nicht mehr so viel Zeit, man soll zusehen, *anzaahn*, denn: Worauf will man denn noch warten?

Ich sehe zu, wie es bei den anderen klappt. Ich versuche, den Erfolg der anderen auf meine Einstellung abfärben zu lassen. Positiv in die Zukunft sehen! Doch am Horizont wächst eine Mauer, mit 40 sieht es bald traurig aus, da legen die Ärzte mit ziemlich deprimierenden Gesichtsausdrücken sehr entmutigende Zahlen vor. Ich war nie eine große Optimistin. Das Ende der Dreißiger kann sich als biografische Sackgasse herausstellen, und auf die gehe ich langsam zu. Wer erst mit Anfang Dreißig das Kinderkriegen angeht, hat schon Zeit verloren, lese ich. Möglichst früh soll man sich »Hilfe suchen«, möglichst wenig Zeit verlieren! Haben wir noch genug Zeit, um es ohne Hilfe zu probieren? Brauchen wir überhaupt Hilfe? Wie sieht diese Hilfe aus? Tierärzte fallen einem ein, den Arm bis zur Achselhöhle in einer Kuh hinten drin. Pelzige, abgewetzte Tierattrappen, auf denen aufgeritten und abgesamt wird.

Ich habe viel zu viel Zeit, um nachzudenken. In den kleinen Denkpausen, die der Tag mir anbietet, schiebt sich sofort die Mutterschaft dazwischen oder das Scheitern daran. Ich stelle mir vor, wie das wäre, positiv zu denken, und dazwischen fürchte ich mich vor dem, was passieren könnte, wenn das negative Denken recht behält. Wenn kein Kind kommt. Wenn ein behindertes Kind kommt. Ich reiße die Gedanken ungeduldig herum.

Ein Kind haben ist sicher großartig!

Kinderwagenschieben fühlt sich sicher wunderbar an.

Ein Kind kriegen ist sicher toll.

Das Leben war früher für mich eine naturwissenschaftliche Institution. Das Leben, Mutter Natur, war weise, allwissend und letztendlich unfehlbar. Das hat sich geändert. Das Leben könnte auch eine feindliche, mir nicht wohlgesonnene Despotin werden. Das Leben ist überall präsent. Es starrt mir von allen Seiten entgegen. Nacktschnecken legen Eier. Insekten mit aneinander montierten Geschlechtsapparaten liegen auf dem Gehsteig. Die Nachbarin kriegt schon das zweite Kind. Schusterkäfer, Mücken, Maikäfer, Fallobst. Alles wird von Mutter Natur in Massen produziert, es ersäuft, wird vergiftet, erschlagen, von Autos überfahren. Aber es ist immer noch genug von allem da.

Ist von uns schon genug da?

Interessanterweise hat mein Mann gar keine Bedenken und kann diese also auch nicht mit mir teilen. Warum sollte es nicht klappen? Sei nicht paranoid. Darauf hat man ja Einfluss. Er beschäftigt sich erst damit, wenn es soweit ist. Zuerst beneide ich ihn um seine Gelassenheit, dann beginne ich, seine Gelassenheit anmaßend und unsympathisch zu finden.

Mutter Natur ist nicht zimperlich, wenn es um Extreme geht.

Ich verliere keine Zeit und gehe zum Gynäkologen. Der beruhigt mich. Dann nehme ich meinen Mann und wir gehen zum nächsten Gynäkologen. Der beruhigt uns. Wir sollen uns nicht aufregen. Warten sollen wir. Warten ist die Therapie! Und nicht zu viel denken.

Am besten auf Urlaub fahren und entspannt vögeln. Vielleicht auch keine Zeit verlieren und zum Urologen, ein Spermiogramm. Nur zur Sicherheit.

Siehst du, ich habe es dir doch gesagt. Mein Mann greift nach meiner Hand. Wir lächeln ein Maul voll Zuversicht.

Die Beschwichtigung des Gynäkologen hält leider nicht lange bei mir. Ich war nie besonders optimistisch und schon gar nicht geduldig. Warum sollte ich es jetzt plötzlich sein? Das bisschen Geduld fermentiert zu Irritation. Schwangere Frauen sind irritierend. Kinderwagenschiebende sind es. Leben, das in Überdosen produziert wird, ist es. Algenwatten, Lauspölster, Mückenschwärme, Stadttauben. Das

Blut ist jetzt eine Art Feind, pünktlich sickert mein Versagen zwischen meinen Schenkeln hervor. Die Leute sagen, wir sollen nicht so viel denken. Die Leute sind plötzlich alle gescheit, weil Kinderkriegen jeder Trottel kann. Außer uns. Doch wir halten zusammen.

Liebe ist die Währung, mit der wir unser Scheitern bezahlen.

2.

Mit 33 habe ich zum ersten Mal in meinem Leben nicht verhütet, in einem Schiurlaub, nach einem Gespräch, in dem wir darin übereinkamen, dass *es Zeit* wurde. Worauf warten? Sich nicht fortzupflanzen, kommt überhaupt nicht in Frage! Es ist eine Art genetischer Juckreiz. Die komplette Familie! Das vorbestimmte Glück! Der Sinn des Lebens. Mit 33 verheiratet zu sein und das Kinderkriegen noch länger hinauszuzögern, heißt: sich gegen eine biografische Schwerkraft zu wehren.

Der vermeintliche Zeugungsakt fühlte sich ungeheuerlich an. Schicksalsträchtig, richtig. Ich war nie unvorsichtig davor. Bin ich zu vernünftig gewesen? Oder schon spröde? War ich nie geil genug, ein Risiko einzugehen, so wie die anderen, die dauernd zitterten, weil die Regel nicht und nicht kam? Dieses erste Nicht-Verhüten kostete mich in dieser Nacht den Schlaf. Alleine schlich ich durch die Ferienwohnung und trank Tee. Ich stellte mir vor, wie das Leben jetzt in mir einschlagen würde wie ein Komet. Falsch. Wie ein Wunder. Ich öffnete die Balkontür und sah in die verschneite Nacht. Falsch. Wie ein Plan, den ich in den letzten 20 Jahren verhindert habe. Der ganz normale Kreislauf des Lebens. Ich schloss die Balkontür und setzte mich im Dunkeln an den Küchentisch. Ich musste den Drang unterdrücken, den Mann aufzuwecken, wachzuschütteln, fest, an den Schultern, ihn in die Pflicht zu nehmen, ihm meine Aufregung aufzuzwingen, sie mit mir zu teilen.

Wach auf, du Ignorant! Wie kann man nur schlafen, wenn gerade ein Kind entsteht? Bist du nicht neugierig, wie es aussehen wird? Wird es ein Mädchen oder ein Bub werden? Wessen Augenfarbe wird das Kind bekommen? Wie stehen wir die nächsten neun Monate durch, ohne vor Ungeduld zu platzen?

Die Zeit läuft. Schnell Augen zu und durch, dachte ich. Alles Übrige wird ohnehin das Leben für dich entscheiden, die Gene, Mutter Natur, usw. Dachte ich.

Der Schlaf kam und zwei Wochen später die Regel.

Der Frühling kommt, der Mai kommt, das Maibaumaufstellen, die Hochzeiten, die Geburten, die Regel kommt dazwischen. Hoffnung ist etwas Labiles. Die Leute können wohl riechen, dass wir in die nächste Phase unserer Zweisamkeit kommen wollen. In die Dreisamkeit, die optimalerweise in eine Viersamkeit mündet. Vielleicht hat es auch etwas mit dem Heiraten zu tun. Heiraten ist eine Vorstufe zum Kinderkriegen. Aus den Mündern von Freunden und Fremden kommen Hinweise, Ratschläge, Ermunterungen, die unsere Familienplanung vorwegnehmen. Sätze, die mit »Na?« beginnen. Falls wir in die nächste Sitzreihe vorrücken wollen, näher an die Bühne des Lebens, wähnen wir uns in einer kompetenten Umgebung, lässt man uns wissen. Freunde und Fremde klopfen auf die freien Plätze neben sich und sagen: Kommt schon. War das vorher schon so? Ich fühle mich verbal getätschelt. Die Sätze gehen mir auf die Nerven, sie bleiben mir im Magen liegen, egal, wie lieb sie gemeint sind. Ich lächle und mache eine Liste mit Sätzen, die ich »Favoriten« nenne und in ein Dokument schreibe, das ich unter »Wehenschreiber« abspeichere.

»Hab Geduld.«

»Du darfst es nicht zu sehr wollen!«

»Du musst lockerlassen!«

»Ich kenne ein Paar, das …«

»Ich kenne wen, der …«

»Hast du schon?«

»Das wird schon.«

»Du wirst schon noch schauen!«

3.

Auf dem Weg zur Arbeit komme ich mit dem Rad an einer Terrasse vorbei, auf der eine Katze liegt, die ihr Junges ableckt. Ich bremse und sehe zu. Sie leckt und leckt. Ich sehe jetzt überall zu. Wie das neue Blatt sich aus der Knospe des Flieders schält. Wie sich die Bohnenhälften im Gemüsebeet teilen und sich der Keimling rausschiebt. Wie das Kind im Zug das Nasenkräuseln der Mutter nachahmt, wie die Stellungen der Augenbrauen sich dabei gleichen. Ich trete ganz nahe ans Glas und sehe zu. Wieso sehe ich zu?

Ich sehe auch zu, wenn es hässlich wird. Wenn die strahlende Mutterstatue umstürzt und mit der Unterseite nach oben zeigt. In der Zeitung steht, dass in einer Wohnung die sterblichen Überreste einer Dreijährigen entdeckt wurden. Die Mutter hatte sie zerstückelt und zwei Jahre lang auf dem Balkon in Blumenkisten gelagert.

Wenn ich zusehe, kann mein Kopf vielleicht etwas lernen. Mein störrischer Leib kann vielleicht etwas lernen. Eine Lektion, die sich in die Logik des Vermehrens tief in meine Gebärmutter vorarbeiten kann. Einen Trick, der die Eierstöcke übers Ohr haut. Einen Klaps, der die Spermien auf Trab bringt. Eine Ohrfeige, die Schluss macht mit der Bockigkeit der Fortpflanzungsorgane.

Ich bleibe zu Hause am Abend. Ich bleibe zu Hause am Morgen. Arbeiten ist schwieriger geworden, seit Kopf und Leib mit der Fortpflanzung im Gange sind. Zum Frühstück ein belegtes Brot, eine Sojamilch mit Vanillegeschmack, am Vormittag ein Nusskipferl, mittags zum Chinesen. Wie kann man am Nachmittag und am Abend wieder so hungrig sein, wenn man schon so viel gefressen hat? Nicht denken ist schwierig.

Überall das Leben. Im Kaviar die Fischeier. In der Eierspeise die Hühnereier. Im Fruchtfleisch die Fruchtbarkeit. In den Mandarinen die Kerne. Wäre es einfacher, wenn ich nicht so viel über das Leben wüsste?

Joggen wird schwierig. Mein Körper ist unberechenbar geworden und verlangt nach Essen. Ich nenne ihn jetzt immer öfter Leib. Oben denkt der Kopf, unten macht der Leib, was er will. Der Leib macht nicht, was ich will. Er schlägt planlose Kapriolen. Dauernd ist ihm heiß, dauernd will er Süßes. Ein Bauch aus Fett wächst um ein Nein herum. Ein Geheimnis wächst in das Nein hinein. Ich schleppe den Leib so gehorsam wie möglich durch das Leben, in die Arbeit, auf Partys. Aber zu Hause ist sein Nest. Ich polstere es mit Zuversicht, Nüssen, Schokolade.

Ich schwenke den Rotwein in meinem Glas und schlage die Beine übereinander. Es hat schon wieder nicht geklappt. Wir haben doch noch Zeit, sagt mein Mann.

Mein Mann hat Zeit, ich habe die Zeiteinheiten. Ich trage den Leib, der an mir dranhängt und seine Funktion verweigert, den Kopf, der rattert und ungefragt assoziiert. Den Kopf einer Naturwissenschaftlerin. Der den Keimfleck im Dotter sieht. Den Kaviar im Glas. Die Kerne im Apfel. Das sind alles potentielle Kinder, Huhnkinder, Fischkinder. Apfelkinder. Wir sind Kinderfresser! Sogar die Veganer! Warum sagt das niemand!

All das Wissen füttert das Nein, das größer wird. Kann ich ihm das beichten? Können wir das teilen? Seine Zuversicht stößt mir übel auf. Hab ich was Falsches gesagt, fragt er geduldig. Ich wende den Blick ab. Wir essen Käse und dazu kernlose Trauben aus Südafrika. Ich bin eine kernlose Traube aus Ostösterreich, prall, süß, dünnhäutig. Wir kauen auf den Trauben herum und leeren Wein nach.

Die Worte gehen uns aus, die Währung wird gewechselt. Jetzt zahlen wir mit Schweigen.

Traum

Das Wartezimmer des Gynäkologen, spät. Es wurde nicht gut geputzt. Hinter den Sesseln huschen Staubflusen, schräg schneidet das Licht. Man hat mich eingesperrt. Ich stemme mich gegen den Türrahmen, der ächzt. Ich höre wieder damit auf und setze mich. Irgendwann wird schon wieder jemand kommen.

4.

Ich sehe dabei zu, wie eine Bekannte mit einer Pinzette ein flauschiges Drosselkind, das ihr zugeflogen ist, mit Mehlwürmern füttert. Die Mehlwürmer sind in einem Plastikbecher mit Deckel, so etwas bekommt man in der Tierhandlung. Der Vogel sitzt seelenruhig in ihrer Hand. Die Würmer sind aus dem Kühlschrank, träge winden sie sich ihrem Gefressenwerden entgegen.

Sie kenne das. Bei ihr hätten sie zwei Löcher links und rechts vom Nabel gebohrt, Luft in den Bauch gepumpt und mit Sonden nachgesehen, ob alles, was es braucht, da wäre. Wurm für Wurm verschwindet in dem gierig aufgesperrten Schnabel des Vogels, er frisst, als wäre der Schnabel ein Tor in eine andere Dimension. Es wäre alles da gewesen, also hätten sie die Schläuche rausgezogen und einen Sandsack auf den Bauch gelegt, damit die Luft wieder herausströmte.

Das hätte ihr gereicht. Als nächstes sei sie zu dieser Chinesin gegangen, die hätte sich die Unterseite der Zunge angesehen und gesagt: Mit dem Chi unmöglich bekommen Kinder, ja. Und dann überall Akupunkturnadeln und zack. Jetzt haben sie zwei Kinder.

Die Würmer sind durch die sommerliche Raumtemperatur aufgewacht und bewegen sich jetzt schneller, ohne Aussicht auf Entkommen. Der Vogel hat genug und dreht den Kopf angewidert weg.

Bevor sie den Deckel des Wurmbechers zumacht, lässt sie mich horchen, wie sich das tausendfache Winden anhört. Es knistert und brummt, es säuselt und vibriert. So hört sich bedingungsloses Leben an, denke ich, Leben, das nicht weiß, dass es verfüttert wird. Leben, das vielleicht weiß, dass es verfüttert wird. Ich weiß in dem Moment, dass das Geräusch mich lange verfolgen wird. Sie stellt den Becher wieder in den Kühlschrank und gibt mir die Nummer der Ärztin, ein mitleidiges Lächeln gibt sie mir auch noch dazu, die obligate Beilage.

Zu viel Chi. Die chinesischen Kräuter, die wir unseren unfruchtbaren Organismen zuführen, stabilisieren unsere Säure-Basen-Haushalte und kühlen unsere Säfte. Die Chinesin spricht einen unverständlichen Singsang, aber so, wie ich das verstehe, grille ich meine Eizellen und er seine Spermien. *Hitze nicht gut, ja.* Ich trinke keinen Wein mehr und habe jetzt immer kalte Füße. Der Belag auf meiner Zunge darf nicht abgeschabt werden, weil sich die Chinesin sonst nicht auskennt mit dem Zustand meines Chis. Wenn sie die Pulsdiagnose macht, legen wir die Eheringe ab. Kräuter werden verschrieben, Rotweinverbot, Kaffeeverbot. Wir würgen an den Granulaten, die aussehen und schmecken wie chinesischer Straßendreck. Wir schlucken gegen jeglichen Instinkt. Mein Mann schüttelt ärgerlich den Kopf, wenn ich ihm seine Kräuter anrühre.

Wir machen also weiter. In der Mittagspause hole ich mir zwei Käsebrote und einen Liter Orangensaft, wegen der Eizellenkühlung. Vor mir verbarrikadieren zwei Kinderwägen die Kassa. Mütter, die mittags Babykekse kaufen, die noch vor dem Bezahlen von den zahnlosen Babys eingespeichelt werden. Mütter, die frühmorgens ihre Kinderwägen als Rammbock benutzen, wenn sie noch in die U-Bahn wollen. Mütter, die mich auf dem Weg zur Arbeit mit ihren Zwillingskinderwägen vom Gehsteig abdrängen. Mütter, die mir ihre ungewaschenen Haare ins Gesicht schmeißen, wenn ich am Bankschalter anstehe. In meiner Mittagspause, abends. Irgendwo ist immer eine Mutter, deren Brut mir die Ohren vollbrüllt, wenn ich Kopfschmerzen habe. Kindergeldbezieherinnen, die von meinen Steuern bezahlt werden. Ihr Nachwuchs gegen das Aussterben unserer Art, gegen leere Pensionskassen, wenn ich einmal alt bin. Mein Steuergeld als der also bitte mindeste Beitrag. Aber so darf man nicht denken. Man muss sich mitfreuen! Man darf nicht verbittern. Man muss zurück in die Sonne, in den Sommer, in das Leben, in die Mittagspause.

Im Park Zeitunglesen, während des Essens. Die siebenjährige Jessica erstickt an ihrem Erbrochenen. Sie wurde von ihren Eltern in einen dunklen, ungeheizten Raum gesperrt. Dort hatte sie aus Hunger die Tapete von den Wänden gekratzt und Teppichflusen gegessen.

Und wenn gar kein Kind kommt? Ich hatte schon als Kind einen Adoptionswunsch. Und einen Kinderwunsch. Ich wollte einmal gebären und einmal adoptieren. Mein Mann und ich saßen in einer Bar, tranken Mojito und stellten überrascht fest, dass wir uns einig waren: Dass es wichtig ist, sich fortzupflanzen. Dass es aber auch wichtig ist, Kinder anzunehmen, die keine Eltern haben. Dass wir zu viel gesehen hatten und zu viel wüssten. Dass man natürlich aufpassen und Regeln einhalten müsse.

Ich setze meine Sonnenbrillen auf, damit man mich nicht weinen sieht. Wenn das Weinen einmal begonnen hat, kommt es über den Tag verteilt hartnäckig wieder. Es kommt und geht: am Schreibtisch, im Labor, in der U-Bahn, im Zug. Auf dem Fahrrad weinen ist gefährlich, weil man nicht gut sieht und fast in einen anderen Radfahrer hineingefahren wäre. Blöde Sau, ruft er mir nach.

Traum

Moospölster haben den Höhleneingang zugewuchert, ein winziger Spalt ist frei, von drinnen kommt Licht. Ich muss hinein, obwohl es sich nicht ausgehen wird. Ich muss den Otter retten. Der Otter ist mein Kind. Ich soll mich durch den schmalen Spalt quetschen, hat man mir gesagt. Ich falte die Arme und Beine so, dass es sich ausgehen könnte. Ich richte den Blick auf den schmalen Lichtspalt und kann nicht los. Der Spalt ist schief. Ich darf erst hinein, wenn er gerade ist.

5.

Ich faste und laufe einen Halbmarathon. Ich lerne Klavier und werde befördert. Ich kleide mich geschmackvoll und artikuliere mich originell. Ich lebe weiter und es wird nicht honoriert.

Ich will zu Hause bleiben, aber wir werden eingeladen. Wir treffen Freunde, weil man Freunde trifft. Falsch. Der Mann will Freunde treffen, und man kann nicht immer zu Hause bleiben. Man kann nicht immer verkühlt sein und man hat eben keine Migräne. Ich wünsche mir eine Migräne, auf die ich mich ausreden kann.

Vielleicht muss ich lernen, eine Zeitlang ohne Freundinnen zurechtzukommen.

Wenn eine Freundin ein Kind bekommt und die andere gerne ein Kind bekommen würde, dauert es ein paar Monate, bis die Schieflage spürbar wird. Zuerst überwiegt das Mitfreuen, das ein bisschen mit der egoistischen Vorfreude auf eine eventuelle gemeinsame Schwangerschaft zu tun hat. Auf das gemeinsame Schwangersein, Gebären, Stillen, Reden, ins Bad gehen. Man könnte alles im Team machen, es wäre so praktisch, und ja, auch die Kinder könnten sich miteinander anfreunden und unsere Freundschaft würde wachsen.

Ich freue mich mit der Freundin, sage ich mir, ich freue mich mit der Freundin, und schon hat die Freundin das Kind und ich habe Verständnis. Sie hat auch für mich Verständnis. Bald ist sie wieder schwanger. Ich habe Verständnis für die schwangere Mutter, die schon ein Wickelkind hat und sich einen neuen Kinderwagen für zwei kaufen muss, die schwere Beine hat und nachts schlecht schläft wegen des Bauchs und wegen des zusätzlichen Kindes im Bett, die schon die ersten Betreuungsengpässe hat und nicht einmal ein Glas Wein gegen den Frust trinken darf. Unsere Freundschaft balanciert auf einer Wippe. Die Freundin sitzt unten und leidet. Ich sitze am oberen Ende, baumle mit den Beinen und sondere Verständnis ab für einen schwer auszuhaltenden Zustand, in dem ich selbst gern wäre. Warum sollen die Probleme meiner Freundin mehr Gewicht haben, nur weil sie Kinder hat. Unfruchtbarkeit ist eine unsichtbare Krankheit. Die Fruchtbaren jammern mir die Ohren voll über die Konsequenzen ihrer Fruchtbarkeit. Als wäre Fruchtbarkeit eine Qual. Die Kranke soll bitte Mitleid mit den Gesunden haben.

Aber so darf man nicht denken. Man darf es auf keinen Fall sagen.

Die Probleme der Freundin mit den bald zwei Kindern *haben* natürlich mehr Gewicht. Sie schickt mir ihr Verständnis, und es ist federleicht.

Im Garten wächst ein Apfelbaum, den ich gekauft habe. Ich bin vor drei Jahren extra zu einer Gärtnerei an den Stadtrand gefahren, um eine alte Sorte zu bekommen. Einen Gravensteiner. Die Bäume standen in einer langen Reihe, ich konnte mich nicht entscheiden. Ich hielt die Hände über die Bäume, um spüren zu können, welcher Baum meiner ist. Meiner stand am Rand, war etwas windschief, aber in unserem Garten sieht er jetzt kräftig aus.

Seit wir den Baum haben, warte ich auf Blüten. Es gibt keine Blüten, von Äpfeln ganz zu schweigen. Es gibt in unserem Garten auch keine ernstzunehmenden Tomaten, nur ein paar kleine, gelbe, rosinenartige Zwerge. Wir sind so unfruchtbar, bei uns wächst rein gar nichts, kein Obst, kein Gemüse, wir haben nicht einmal Nacktschnecken, jammere ich. Meinem Mann ist der Garten egal. Er wird auch diese Niederlage nicht persönlich nehmen.

Früher wurde auf den Partys gesoffen, gelacht und getanzt, jetzt wird geprahlt und verglichen und vor allem gegengerechnet. Gekauftes und Geborenes und von der Bank geborgtes Glück, Häuser, Autos, Urlaube, Söhne, Töchter, Haustiere, dazwischen Pflanzenschädlinge. Die Männer vergleichen die bezahlten, die Frauen die unbezahlten Leistungen. Keiner säuft mehr, alle sind verantwortungsbewusst geworden. Ich stehe bei den Frauen, eine Art Versteigerung ist im Gange. Wer bietet die längsten Wehen? Den größten Kopfumfang bei der Geburt? Die meisten nächtlichen Wachstunden? Das mühsamste Kind?

Was gibt es zu gewinnen? Warum tanzen wir nicht mehr?

Jemand muss ihnen gesagt haben, dass wir nicht mitbieten dürfen. Sie fragen heute nicht. Ich stehe daneben und werde gar nichts mehr gefragt. Ich bin Halbmarathon gelaufen, will ich sagen. Ich wurde befördert, will ich sagen. Aber es würde nur Luft sein. Denn wir haben keine Kinder. Wir können nicht mitreden bei dem, was gerade Thema ist. Falsch. Ich kann nicht mitreden. Ich kann meinen Mann am anderen Tischende über Fußball reden hören. Übers Schifahren. Über Politik. Über Autos. Die Männer halten sich nicht auf mit diesen Details, die bleiben bei ihren Themen.

Eine fragt mich dann doch, wann wir denn planen, Kinder zu haben. Die Mütter haben feine Nasen. Sie wittern unser Versagen. Mein Versagen wird ihr Erfolg sein und betrifft ab sofort all meine nichtfamiliären Leistungen: Das sind alles Kompromisse. Ich habe meinen Erfolg mit Eizellen bezahlt. Sagen wir: zehn für die Beförderungen, drei für den Halbmarathon. Wie viele bleiben noch? Mein Leib will immer früher nach Hause. Er verschwindet hinter den Bäuchen, den Kindern, den Erfolgen. Wie Früchte ragen sie in die Räume, dellen mich ein.

Immer wieder versucht er, wenigstens die Abende zu retten. Er ruft Freunde an, von denen er nicht weiß, dass sie Leute geworden sind. Kinder haben die

Freundschaften aufgesogen mit ihren Fläschchen und Windeln. Alle haben Kinder daheim oder fünf Wochen alte Säuglinge zu Hause oder gerade erfahren, dass sie ungewollt schwanger geworden sind oder sie entbinden gerade Wunschkinder. Ich weiß nicht, wie ich es ihm erklären soll.

Er wird fündig. Er erreicht einen Bekannten, den ich fast täglich im Zug treffe. Eines Morgens hat er sogar seinen Laptop hochgefahren, um mich an den Bildern des neu erworbenen, roten Kinderwagens aus diversen Perspektiven Anteil nehmen zu lassen. Da ist er von der Seite drauf und da mit aufgespanntem Schirmchen. Wie durch ein Mikroskop durfte ich der Erfüllung seines Lebenstraums beiwohnen. Erklären ist unmöglich, ich provoziere lieber einen stillen Streit.

Jetzt haben wir Beziehungsprobleme und dürfen daheim bleiben.

Traum

Ich gebäre. Es ist ein graues Tigerkätzchen. Auch gut.

6.

Mein Mann muss sein Sperma abgeben, weil ich will, dass die Schuldfrage geklärt ist. Von einem neuen Urologen, der uns empfohlen wurde. Ich will Antworten. Ich will die verlorene Zeit einholen. Ich will, abgesehen von *warten*, irgendetwas tun.

In der Hofeinfahrt des neuen Urologen steht ein schnittiger Mercedes mit dem Kennzeichen URO 1 neben einem schnittigen BMW mit dem Kennzeichen GYN 1. Bei Besitzer von GYN 1 waren wir schon; er hat uns den Besitzer von URO 1 von Anfang an empfohlen. Der Besitzer von URO 1 untersucht das Sperma gerne um 125 €, kann aber keinen Abnahmeraum zur Verfügung stellen. Das Ejakulat darf nicht älter als 15 Minuten sein, also muss die Abnahme des Spermas in einem zeitlichen und räumlichen Radius erfolgen, der 15 Minuten nicht übersteigt. Es ist Faschingsdienstag, die Straßen sind vom Umzug verstopft. Der Plastikbecher wird ausgehändigt. Während ich in einen Krapfen beiße, onaniert mein Mann in einem Café am Klo und hasst mich dafür.

Inmitten des Warteraums der Urologenpraxis steht ein Zimmerbrunnen, in dem ein bescheidener Wasserstrahl kreiselt.

Wie man dazu einen Altherren-Urinstrahl assoziiert.

Wie man sich auf einen Artikel in einer Wirtschaftszeitung konzentrieren kann, während man auf die Befundbesprechung seines Spermiogramms wartet.

Wie man davon überzeugt ist, dass das Sperma nicht so schlecht sein kann, was aber natürlich nicht bedeutet, dass der Uterus die alleinige Schuld trägt.

Wie das nicht keimende Leben Zwietracht zwischen uns zu säen beginnt.

Wie ich aus mir unerklärlichen Gründen bei der Befundbesprechung dabei sein will, obwohl ich den Urologen nicht ausstehen kann.

Wie er uns erwachsen die Hand gibt und uns doch beide wie Kinder behandelt, mich jedoch wie ein besonders unbelehrbares, unmündiges und aufmüpfiges.

Auf dem Schreibtisch liegt eine Zeichnung, die auf einen unangenehmen chirurgischen Eingriff in den Penis unseres Vorgängerpatienten hinweist. Jetzt wissen wir, dass ein riesiger spitzer Gegenstand in nächster Zukunft dessen Harnröhre penetrieren wird. Die Zeichnung ist sehr distinkt, fast künstlerisch ausgeführt. Ich unterstelle, dass sie vielleicht noch hier liegt, weil der Arzt seine künstlerischen Talente offenlegen will.

Der Urologe tippt auf seinem Laptop herum und erklärt, dass es meines Mannes Schuld sein kann oder nicht, also wahrscheinlich meine Schuld sein könnte. Oder nicht. Ich muss mich beherrschen, um nicht gleich aufzustehen und zu gehen. Der Urologe erklärt uns, wann wir uns wie lieben sollen und wann nicht. Wir schreiben mit. Mein Mann erhebt sich und schüttelt dem Arzt freundlich die Hand. Ich wasche mir die Hände, während er 275 € bezahlt. Wir haben die Wirtschaft belebt. Draußen wartet der Herbst. Im Auto ziehe ich mich in den Kragen meiner Daunenjacke zurück wie eine Schildkröte.

Traum

Ich gebäre in meinem Bett: ein Kind und neun Eier. Es geht leicht und ist angenehm. Das geschlechtslose Kind ist sauber, bekleidet, vier Jahre alt und spricht. Wir sind glücklich wie nie zuvor. Nur die Eier stören im Bett, ich traue mich aber nicht, sie zu entfernen. Es sind neun Nebeleier.

7.

Ein Schwangerschaftstest kostet 15 €. Ich will keinen Test machen, weil ich mich vor dem Warten fürchte, bis ein Strich oder zwei Striche erscheinen. Weil sich da die Qualität der kommenden Wochen entscheidet. Mittlerweile ist es mir lieber, wenn vorher die Regel kommt, so schlimm ist diese Minute des Wartens mit Hoffnung vergiftet. Letzten Monat habe ich es tatsächlich geschafft, so lange zu warten, bis ich auf den Teststreifen menstruiert habe. Das war eindeutig. Ich mache jetzt keine Tests mehr.

Mit wem lacht man über so etwas? Mit wem weint man darüber?

Mein Leib macht neuerdings jede Idiotie mit, die der Kopf sich einbildet. Er bläht den Busen auf, den Bauch, er legt weiter an Gewicht zu, heizt die Haut auf, gaukelt Übelkeit vor, lässt die Regel ausbleiben. Ich versuche, mir den Anblick meiner Nacktheit zu ersparen und trockne mich mit dem Rücken zum Spiegel ab.

Graviditas imaginata heißt der Fachbegriff. Auch Rinder, Pferde, Nagetiere und Hunde werden scheinschwanger. Es gibt Frauen und Tiere, denen sogar die Vormilch einschießt. Wenigstens das bleibt mir erspart. Mit einer zweiten Scheinschwangeren würde ich gerne darüber reden. Wir könnten uns übereinander lustig machen.

Ich möchte ein Buch lesen, das mich tröstet. Ich kaufe vier Bücher, die mir in einem Online-Forum empfohlen werden. Das erste (Cover: weichgezeichnetes Babylachen) ist so schlecht geschrieben, dass ich noch deprimierter werde. Das zweite (Cover: Glückliche Mutter wirft glückliches Kind hoch) erklärt mir, dass ich nicht genug Opferbereitschaft habe, wenn ich mich nicht mit Hormonen vollpumpen lasse und dass ich *alles* versuchen muss, wenn ich so glücklich wie die Frau auf dem Cover werden will.

Das dritte (Cover: eine leere Schaukel) ist eine zornige Suada, die mich anfangs ein bisschen tröstet, die aber von der Kinderlosigkeit in die Kinderfeindlichkeit kippt und mit einem Schlag Fertilitätsmedizin, Inlands- und Auslandsadoption verteufelt. Nur die Pflegeelternschaft lässt sie gelten. Damit kann die Autorin gut leben, ich aber nicht. Das vierte zeigt auf dem Buchumschlag eine Holzeisenbahn, die umgekippt ist. Ich muss schon heulen, bevor ich es aufschlage, und es wird auch nach den ersten Seiten nicht besser. Ich schreibe einen Satz in mein Journal: Das Buch, das mich tröstet, muss ich mir wohl selbst schreiben.

Ich suche Gleichgesinnte im Internet. Im »Kinderwunsch-Wunschkind-Forum« flattern Störche. Man kann dort einander virtuell Daumen drücken, damit die Geschlechtszellen von unfruchtbaren Menschen, die künstlich befruchtet und bei erfolgreicher

Verschmelzung in die Gebärmutter eingebracht wurden, auch in den Frauen drinnenbleiben. Und nicht aus den Gebärmüttern heraustropfen.

Unter ihren Nicknamen stehen die Kenndaten: Kind 1, Geburtsdatum 1, 4. ICSI, Sectio. Kind 2, Geburtsdatum 2, 5. ICSI, Re-Sectio. Wieder sind es Zahlen, die sie miteinander vergleichen: Ich habe neun Kinder verloren, mir haben sie zweimal die Gebärmutter aufgeschnitten.

Ich habe Fragen, die sich außer mir niemand stellt. Ich stelle sie trotzdem. Niemand antwortet.

Weit und breit nur süße Hoffnung. Negative Gefühle sind fruchtschädigend! Niemand ist zornig oder traurig wie ich. Kein Kind ist keine Option. Adoption ist keine Option. Es muss das eigene sein, das bekannte, das selbst gemachte. Ärzte helfen einem, es selbst zu machen. Die Fortpflanzungsmedizin übernimmt dort, wo Mutter Natur keine Lust mehr hat.

Die Fortpflanzungsmedizin ist mir unheimlich. Ärzte, die die Schöpfung austricksen. Wenn sie mir in den Medien begegnen, lassen sie sich in weißen Mänteln vor dem Bildschirm mit markigen Grafiken darauf fotografieren. Ausgeschlafene, gepflegte Kindermacher gehen mit majestätischen Schritten über frisch aufgewischte, glänzende Gänge entlang und fahren ansteigende Erfolgskurven mit dem Kuli nach. Sie blicken mit dieser entsetzlichen Mischung aus Selbstherrlichkeit und Barmherzigkeit in die

Kamera. Ölig flutscht es über ihre Lippen: was alles geht, wie ermutigend die Statistiken sind, wie rasant die Forschung vorangeht.

Nichts ist unmöglich – nun ja, fast nichts.

Vielleicht ist meine Ablehnung biologische Hysterie?

Der Besitzer von GYN 1 schiebt mir ein Hochglanzprospekt zu. Auf dem Cover sitzt eine nackte Schwangere mit einem riesigen Ei in der Hand und versprüht das Glück derer, die Leben geben. Ich kenne das obszöne Bild von einer Plakatwand. Ich finde es absurd, dass eine schwangere Frau auch noch Eier legen oder ausbrüten soll. Wie viel Fruchtbarkeit muss in eine Frau gestopft und zur Schau gestellt werden, damit ich Lust bekomme, mir ein Kind machen zu lassen?

Schauen Sie sich das an … unverbindlich, sagt der Besitzer von GYN 1. Mit zwei Fehlgeburten müsse ich in meinem Alter schon rechnen. Mit 12 000 €, aber ein Fonds zahlt unter den und den Voraussetzungen. Mit einer gar nicht so schmerzhaften Eizellenentnahme. Mit Hormonspritzen. Ich blättere und lese.

Zu Hause scrolle ich die Homepage auf und ab. Glückliche Eltern, wohlgeratene Fortpflanzungsprodukte, keltische Fruchtbarkeitsrunen an den Wänden der Behandlungsräume. Tortendiagramme. Preislisten mit Positionen. Einmalige Einfriergebühr Embryonen: 280 €. Jährliche Lagerungsgebühr Embryonen: 308 €. Mietgebühren für Embryonen? Assisted Hatching, steht da. Assistiertes Schlüpfen. Embryo-Kleber. Einnistungsspülung. Polkörperdiagnostik, Kryotransfer.

Nein, beginnt es zu hämmern. Nicht mit mir.

Andere Frauen opfern viel mehr. Sie zahlen jeden Preis. Sie sind viel tapferer als ich. Und gehorsamer. Sie glauben den Ärzten. Sie stemmen die Fersen fest in die Bügel und lassen die Ärzte unten schön machen. Die wissen schon, was sie tun müssen! Man muss nur an die Decke sehen und lockerlassen.

Es fiele leichter, lockerzulassen, wenn man abgelenkt würde. Bilder, Informationen, von mir aus ein Infoscreen mit Werbeclips aus der Pharmaindustrie. Im Wartezimmer gibt es das ja auch. Aber an der Decke ist nie etwas. Keine Bilder, keine Informationen, nicht einmal Werbung. Obwohl da so viele hinsehen, Tag für Tag. Wenn man nicht selbst dort am Rücken liegt, weiß man das nicht. Dass man darauf vergisst, lockerzulassen, wenn in einem gefuhrwerkt wird.

Frauenärzte. Sie stellen uns auf den Kopf, sie drehen uns auf den Rücken, sie nehmen uns aus wie ein Huhn. Aber am liebsten machen sie uns die Kinder. Unsere Kernkompetenz verschwindet flugs in ihrer Hosentasche. Seit sie mich untersuchen, verkrampft sich mein ganzer Körper instinktiv. Mein Kiefer, mein

Beckenboden, die Stirnmuskeln. Lockerlassen, erinnern sie einen freundlich. Sie sind behutsam und verwenden Gleitmittel; und trotzdem will ich ihre Hände verscheuchen, strampeln, mich aufbäumen, den Stuhl umtreten. Ich will das kalte Metallbesteck durch die Fensterscheibe schmeißen. Es soll scheppern und klirren und die Frauen im Wartezimmer draußen sollen verschreckt von ihren Zeitschriften aufsehen.

Das Gleitmittel von der Vaginalsonde kann man sich hinter dem Vorhang abwischen. Einmalhandtücher und ein Mistkübel stehen bereit. Man kann leider nur bar zahlen.

Traum

Ich bin 14 Jahre alt und habe ein Kind. Aus meinen Brüsten tropft Milch, ich spüre Nähte an Damm und Schamlippen, dazwischen sickert das Wochenbettblut.
Ich bin zu jung, um ein Kind zu haben. Ein Freund meines Mannes steht schwer und dunkel im Türrahmen. Er ist der Befruchter.
Ich bin eine Art Brutkasten. Sie haben mich eingesperrt und mich zum Gebären gezwungen. Das Taxi wartet vor dem Haus. Wenn ich springe, bin ich tot, trotzdem werde ich es versuchen. Das Kind bleibt zurück, ohne eine Sekunde Zweifel.

8.

Man kann es schlecht verbergen. Man war vielleicht etwas unvorsichtig und hat irgendwo fallen lassen, dass man bald Kinder bekommen will. Bevor man wusste, dass es dauern würde. Man konnte sich nicht vorstellen, dass es schwierig werden könnte und länger dauern könnte. Gar nicht klappen könnte. Letztes Wochenende kam ein Bekannter auf mich zu, lachte, öffnete die Arme und sagte mit Blick auf meinen Bauch: Na endlich.

Ich sollte keine Bohnen mehr essen. Ich sollte gar nichts mehr essen und dramatisch abmagern, kettenrauchen und auf Kinder schimpfen. Dann werde ich vielleicht nicht mehr einer Schwangerschaft bezichtigt.

Nach der Arbeit gehe ich laufen. Den Leib durch die Weingärten treiben, durch das Flusstal, über den Berg. Den Leib auspressen, dass es nur so spritzt. Vielleicht hilft das. Bewegung muss sein. Den Leib am liebsten durch das ganze Land schleifen, an einer Leine, Füße voran, Kopf hinten nach. Strafe muss sein. Nach dem Duschen vervollständige ich meine Sammlung mit neuen Favoriten, die sich in den letzten Wochen angesammelt haben.

»Ihr dürft es nicht persönlich nehmen.«

»Ihr dürft es euch nicht entzweien lassen.«

»Mit jedem Kind steigt die Hoffnung.«

»Du hast nicht alles probiert!«

»Wenn der Druck einmal wegfällt, dann …«

»Wenn ihr auf Urlaub fahrt, dann …«

»Und wenn es nicht sein soll?«

Danach benenne ich die Datei um: von Wehenschreiber in Wehenschreiberin. Ich bin es, die Frau, die die Unmöglichkeit aufzeichnet, Kinder zu bekommen. Leise kratzt die Nadel, malt Berge und Täler auf die lange Papierzunge, die bald bis an den Boden reicht.

Um mich herum bekommt man schon zweite Kinder. Oder auch erste, verspätet, Hindernissen zum Trotz. Nicht allen fällt es leicht. Ich freue mich natürlich mit jenen, denen das Fortpflanzen auch schwer fällt.

Einer ruft mich an, um mich in die Geburt seiner Tochter einzuweihen. Ich übertreibe die zarte Pflanze des Mitgefühls, bis sie außer Kontrolle gerät, und ich mich in ihren Tentakeln verstricke. Mein Redefluss verebbt, ich schweige. Er nimmt sich das Recht des zu Beglückwünschenden und legt nach, es wird gynäkologisch, 14 Stunden Wehen, ein Muttermund, der nicht aufgehen will, Dammschnitt. Von mir wird, abgesehen von Freude über den gelungenen Nachwuchs, erwartet, seine Frau zu bedauern.

Ich lausche den Details und spüre, wie sich meine Bauchorgane zusammenziehen. Er wird mir die Geburtsanzeige per E-Mail schicken. Das darf er doch? Aber klar. Wir beenden das Gespräch in dem

Wissen, dass ich jetzt ein E-Mail bekommen und dann sehr lange nichts von ihm und seiner Familie hören werde.

Das Baby ist rosa und sieht klebrig aus, die Mutter macht einen entrückten Eindruck. Immer diese Eckdaten, die Leistungskennzahlen. Kopfumfang 35 cm. Was ist das, ein Vaginadehnungscontest?

Ich fahre den PC hinunter, setze mich auf die Terrasse, rauche eine Zigarette und überlege, ob mir ein bisschen Weinen guttun würde. Ich beschließe, dass mir ein bisschen Wein guttun würde.

Während sich die Umwelt fortpflanzt, sitze ich hier auf meiner Bank, lausche dem Verkehr und stoße auf das Leben an.

Traum

Ich stehe am Meer. Ich trage eine glänzende, schwere Kastanienkette um meinen Hals. Die anderen tun das auch. Die Spielregeln sind klar. Eine muss bleiben, so heißt das Spiel ja auch. Die anderen streifen die Ketten ab und springen über einen Graben. Der Graben ist seicht, aber mit braunem Gift gefüllt. Ich versuche es nicht einmal. Die anderen steigen einfach drüber und gehen lachend ins Meer. Ich werde aussterben. Ich drehe mich, rufe.
Es ist still und vorbei. Ich bin allein. Alle Ketten zu meinen Füßen.
Die eine, die bin ich.

9.

Diese selbstgefällige Fruchtbarkeit. Diese vorauseilende Mütterlichkeit, mit der sie sich verträumt über den Bauch streichen, während sie mich fragen, wie es mir damit geht, ungewollt kinderlos zu sein. Dieser Zorn. Wie schwer es mir fällt, mich mit ihnen zu freuen. Dieses Einsperren am Klo. Diese Ahnung, dass ich noch verrückt werde. Eine Kontinentalplatte schiebt sich unter die andere, unter dem Meer kochen Vulkane, die schwarze Raucher heißen.

Wir werden zwar noch eingeladen, aber man ist vorsichtig geworden. Die Wohnung ist zu klein für eine Hochschwangere, für eine, die noch dick ist nach der Geburt und eine, die es noch nicht geschafft hat und es vielleicht auch nie schaffen wird. Im Wasserkrug schwingen Halbedelsteine. Die Hochschwangere und die, die noch dick ist nach der Geburt, gehen sich das schlafende Baby im Dunkeln ansehen.

Ich rauche auf der Terrasse. Als ich zurückkomme, sehen sie mich ertappt an, etwas unter dem Tisch ist nicht für meine Augen bestimmt. Ich schaue trotzdem hin. Es ist ein Babyalbum. Um Mitternacht ist der Wein aus.

Wir fahren zu einem Familienwochenende. Es wird schwierig werden, Fragen zur Familiengründung auszuweichen. Mein Mann ist einer von denen geworden, die gegen mich sind. Im Auto spüre ich diese Wand schon auf Höhe der Mittelkonsole. Die Liste für verbotene Sätze ist so lang geworden, dass uns die erlaubten Sätze ausgegangen sind. Also Schweigen. Draußen Landschaft in Dreck und eine hilflose Sonne.

Die Verwandten sind dauernd schwanger, Kinder entschlüpfen ihnen wie beiläufig. Gespräche bedrohen das Wochenende und Dialoge sind mit Fragen vermint, die ich nur mit Weinen oder zornigen Monologen quittieren kann. Es wird auch nicht gut aussehen, wenn ich brülle und Tränen verspritze. Er schämt sich wahrscheinlich jetzt schon für mich. Gespräche sind sein liebstes Hobby, und das verleide ich ihm.

Du kannst doch nichts dafür. Nein, warte. Wir können nichts dafür. Das ist doch kein Grund zu weinen. Es wird schon! Wand. Noch ein Ziegel und noch einer. Bald werden wir uns nicht mehr sehen können.

Mein Mann und ich waren einmal gemeinsam etwas Großes. Gemeinsam waren wir witzig, brillant, unbesiegbar. Übrig geblieben sind zwei Nagetiere, schwerhörig, dickpelzig, mit sehr kleinen Gehirnen. Jedes sitzt in seinem Loch, Kopf voran, Ohren voll Erde. Anstatt miteinander zu kommunizieren, quiekt eines leise und das andere schüttelt immerzu den Kopf. Immer tiefer graben wir uns in unsere Löcher vor, man sieht uns nicht mehr. Wenn wir Schwänze hätten, würde ich uns daran herausziehen.

Traum

Da ist ein Soldatencamp. Ein Soldat steht vor einem riesigen Suppentopf mit Ragout aus röhrenförmigen Fleischstücken in roter Soße. Ich stehe mit meiner Schale in einer Reihe und warte. Was gibt es heute, frage ich, als ich dran bin. Gebärmütter, sagt er beiläufig und hält mir den Schöpflöffel hin. Ich koste. Es schmeckt wie ein Essen, das in den Schulschikursen gereicht wurde.

10.

Zwei blaue Striche. Zwei. Zwei. Und die Eltern. Und die Schwester. Und der Bruder. Alle anrufen. Endlich. Und ein Buch kaufen, und noch eines. Und den Urlaub nach Namibia und Botswana stornieren. Und einen Wasserkocher kaufen statt Wein.

Es ist drinnen und hängt an einem Spinnfaden. Und jetzt warten. Wir feiern, doch ich spüre die Schwere des Keims. Er zieht mich nach unten.

Das erste Blut, braun bei Tag, rot dann bei Nacht.

Wir fahren ins Krankenhaus. Es ist nichts. Nein, wir fahren jetzt. Nicht größer als eine kleine Garnele und dann so ein Theater. Ein Schmerz wie ein Orkan. Ich kann nicht stehen, trotzdem müssen die Daten präzise bekannt gegeben werden. Die Nachtschwester hinter Glas gähnt, sie tippt mit zwei Fingern. Ja, auch die Konfession muss bekannt gegeben werden.

Sie müssen trotzdem lockerlassen.

Erst ist es noch da. Dann ist es vielleicht schon weg. Der Gynäkologe hat fettige Haare und noch keinen Kaffee getrunken. Seine Gleichgültigkeit ist stofflich.

Waren Sie auch wirklich schwanger?

Standardausstattung: Nachthemd mit grünem Würfelmuster, Venenflow, die Patientin soll jetzt bitte schlafen. Eine Schwester kommt, legt mir die Hand auf die Schulter und sagt: Auch wenn es diesmal

»nichts wird«, klappt es sicher beim nächsten Mal. Ihr sei das auch passiert, jetzt habe sie drei Kinder. Dann geht sie leider. Die Nacht ein Krieg: Hoffnung gegen Gewissheit. Ich teile das Zimmer mit einer wimmernden und stöhnenden Gebärmutterentfernung. Die Gebärmutterentfernung hat Migrationshintergrund.

Was mit dir?

Abortus.

Was das? Baby weg? Ihre Hand macht eine Kopf-ab-Bewegung.

Ja, wahrscheinlich.

Macht nix. Bald neues Baby. Ihr Mund macht eine Alles-wird-gut-Bewegung. Dann wird er wieder ernst. Ich frage nicht. Sie erklärt dennoch.

Ich alles raus. Ihre Hand kreist über ihren Unterbauch.

Warum?

Problema.

Draußen bricht der Herbsttag auf, in der Mitte, wie der Rücken eines Brotes.

Ich sitze mit sehr geradem Rücken im Krankenbett. Die Gebärmutterentfernung ist weg, ein neues Bett wird hereingeschoben, darauf ein buckliges Stöhnen unter weißem Laken. Der Venenflow beißt in meine Armbeuge, als würden mir die Mundwerkzeuge einer mechanischen Zecke das Leben abpumpen. Wenn man anreißt, spritzt vielleicht Blut.

Das Haus spuckt Leute aus und verschluckt andere. Es hat Gänge und Schränke und rollende Betten, die man höhenverstellen kann.

In der Früh war ich eine, die noch selber gehen konnte. Ich saß barfuß und im Nachthemd am Gang der Ambulanz und wartete auf den letzten Ultraschall. Schwangere in Kleidern und Schuhen warteten auch und hatten sichtbar Mitleid mit mir. Die Tränen machten mit mir, was sie wollten. Mein Anblick war kein guter Start in den Tag der werdenden Mütter.

Wenn überhaupt etwas da war, ist es jetzt weg, sagte ein neuer Gynäkologe, der dritte an diesem Tag. Ich weiß nicht, wie ich wieder in das Zimmer gekommen bin.

Während der Morgen vergeht, werden Organe in Körpern durchs Haus gerollt, wechseln die Stationen. Geschäftiger Verkehr der Körper. Am Vormittag war ich eine, die nicht mehr selber gehen durfte. Zuerst wurde mein Körper in den Lift gerollt und dann auf einem Gang im Keller abgestellt. Andere Körper auf Betten standen vor dem OP Schlange und warteten auf ihre Eingriffe.

Sie können sich schon mal auf den Untersuchungsstuhl setzen, sagt der freundliche OP-Gehilfe. Aus dem Vorraum des OP schallt Lachen. Das, denke ich, ist der Alltag hier. Sie sind die nächste!

Wohin soll ich Sie schicken?, fragt der Mundschutz der Anästhesistin. Was meint sie? Ach so, die Reise als Metapher für die Narkose. Sehr witzig.

Ins Nirvana, sage ich.

Nein, dorthin nicht, sagt sie streng.

Dann halt Afrika, sage ich.

Sie nickt zufrieden.

Im Aufwachzimmer ist alles leer und sauber und die Drogen sind Delfine, die strömen im Blut, eine Flotte aus Samt. Ich sehe auf die Wanduhr und genieße, wie schnell die Zeit vergeht, einfach nur durchs Hinsehen strömt Zeit, strömt Ruhe, gleiten weiße Kittel vorbei. Eine Schwester späht einfühlsam unter meine Decke, unter mein Nachthemd, zwischen meine Beine, um den Blutfluss in die Windel zu beurteilen. Sie nickt, wir sind beide zufrieden. Nachher werden sie mir sagen: Du hast geweint. Und ich werde mich nicht erinnern.

Im Schrank neben meinem Bett liegen Netzwindelhosen in ordentlichen Stapeln. Ich habe welche gestohlen und in meine Tasche gepackt, um sie meinem Mann zu zeigen. So ist das, wenn man Frauenorgane in sich hat, werde ich zu ihm sagen. So blutet es aus dem Loch heraus und in so einer Windelhose soll man dann das Blut auffangen, damit niemand Arbeit damit hat, es wieder wegzumachen. So etwas hast du jetzt im Haus. Das alles werde ich ihm sagen und er wird hilflos sein wie nie zuvor.

Soeben ist die Seelsorgerin da gewesen. Sie hatte kurzes, graues Haar, ein fröhliches Lächeln auf den Lippen und fragte mich, ob sie mir zuhören soll. Ob ich etwas brauche. Komm mir jetzt ja nicht mit Jesus, dachte ich, aber ich sagte nichts und schüttelte den Kopf. Sie komme später wieder, sagte sie. Später bin ich schon weg, dachte ich und nickte.

Ich rücke mein Gesicht zurecht. Gleich kommen die Freundinnen mich holen, und dann werde ich lachen und ganz untergriffige Witze machen. Sie brennen mir schon auf der Zunge wie Brause. Drei, zwei, eins, los.

Wir sind wieder daheim. Während sie mir die Gebärmutter ausgekratzt haben, hat er sich einen Weisheitszahn reißen lassen. Beide bluten wir aus dunklen Wunden in weißen Stoff. Das hat etwas Metaphorisches. Im Fernseher werden Leichen von einer großbrüstigen Frau obduziert. Alles rohes Fleisch, und überall. Unsere Blicke prallen am Glas ab. Unser Schicksal berührt alle. Man ist empathisch und lieb. Man will uns helfen. Man hat uns Erdbeereis mit echten Fruchtstücken gebracht. Ich starre auf die roten Fruchtstücke, die Kerne.

11.

Während ich Wäsche wasche: das Wort Kürettage. In der Küche: der Sparschäler. Im Garten: ein Engerling. Im Supermarkt: Shrimps. Rote Rüben im Ganzen, Blutfrüchte. In einer Auslage: ein Püppchen. Im Weinregal das Weinetikett von Opus Eximium, das aussieht wie eine Gebärmutter. Auf einer Speisekarte: der Begriff »verlorene Eier«.

Man denkt sich Namen für Kinder aus, sein Leben lang. Jetzt kriechen braune Schaben über den Tag. Severin. Luise, Maren.

Vergiftet sie. Der Cursor blinkt im Leerlauf, ich schreibe das nicht in mein Journal. Nichts schreibe ich mehr. Das Seismogramm schweigt, die Kontinente unter Narkose.

Traum

Egal, wie gut ich meine Taschen leere, bevor ich meine Wäsche wasche: Immer ist ein leeres Weinbergschneckenhaus dabei, wenn ich sie aus der Maschine nehme. Das erste Mal wundere ich mich noch; das zweite Mal auch, das dritte Mal ist es normal.

Das Schneckenhaus zeigt Spuren der Abnützung, es ist sauber und duftet nach Kalk.

12.

Wir essen Mopane Worms und Kudu. Wir essen Roulade aus Zebrafleisch und Gulasch aus Springbock. Meine Füße lagere ich auf dem Armaturenbrett und ich lese ihm aus dem Wildlifebuch vor, während das Auto durch die Kalahari rast wie auf Schienen. Hyänen haben eine Analdrüse, mit der sie Halme umgreifen, lese ich vor. Ihre riesige Klitoris präsentieren sie einander, als würden sie ihren Rock heben. Wir lachen ein bisschen und sind der afrikanischen Natur dankbar für ihre Schrullen. Mir graust schrecklich vor dem Warzenschwein, das er isst, aber wir lachen. Im Okavangodelta schlafen wir in einem Zelt, vor dem sich nachts eine Flusspferdherde zum lautstarken Grasen einfindet. In Simbabwe führt der Sambesi zu dieser Jahreszeit wenig Wasser, statt donnernder Wasserfälle fotografiere ich mächtige Sprühnebel. Mit dem Selbstauslöser fotografiere ich das wohlhabende, kinderlose Ehepaar, lächelnd, die brutale Schönheit des afrikanischen Kontinents als Kulisse.

Der Ort ist kein Ort und heißt Victoria Falls; hier kann man nur Cola kaufen, kein Wasser.

Es gibt ein großes Zelt, es heißt Boma, da ist man *safe*, da kann man alles essen und auch einen Schamanen befragen, sagt die Hotelrezeptionistin.

If you dare, you can consult the mystery witchdoctor.

Ich will unbedingt. Mystery witchdoctor hat ein abtrünniges Auge. Eines sieht in die Zukunft, eines in die Vergangenheit, wie ein Chamäleon. Geschwind geworfen, geschwind geordnet sind seine Knochen, Schnecken und Holzstücke, seine Augen eilen flink hin und her, und dann sagt er: I see family problems. Wir nicken.

But here's your baby boy next year. Sein Finger zeigt auf eine kleine Schnecke. Everything will be alright.

Ich lache hysterisch und freue mich. Mein Mann schüttelt den Kopf, aber er lächelt. Wenn du meinst? Später trinken wir viel zu warmen Rotwein und sehen den Touristen beim Reisen zu. Eine Japanerin verirrt sich im Lokal, sie sucht ihre Herde, wie ein Zebra, sagt mein Mann. Wir lachen, bis uns die Tränen kommen. Afrika hat uns wieder zum Lachen gebracht.

Wenn man auf die Skelettküste Namibias zufährt, sieht man schon von Weitem den Nebelschleier vor dem Meer. Taucht man da ein, ist das wie eine Schleuse. Rot wird grau, blau wird gelb, heiß wird feuchtkühl, Wüste wird Küste. Tausende Kilometer gerade Linie auf der Karte, die mein Finger ehrfürchtig nachzieht.

Der Wind immer schon aus Westen, nie aus Osten. Wir sind die einzigen Camper, die ersten und letzten Menschen. Wie ein prähistorischer Pfahlbau ragt unser Dachzelt in die verwischte Atmosphäre. Der Wein aus dem Karton fliegt in den Wind hinein, mein Mann macht Feuerholz mit dem Taschenmesser und schneidet sich in den Finger. In der Nacht schlüpft noch mehr Wind aus dem Meer, rüttelt an unserem Zelt. Lass uns doch zuerst adoptieren, sage ich. Und dann weitermachen. OK, sagt er. Die Reihenfolge ist doch egal.

PAPIER

13.

Adoptieren heißt: sich erklären. Das ist der erste Schritt. Es ist doch logisch, erkläre ich. Da gibt es Kinder, die haben keine Eltern und da gibt es Eltern, die haben keine Kinder.

Ja, klar, höre ich. Aber was, wenn? Und wie? Und was? Und von wo? Und was kostet das?

Jetzt habe ich eine Version, die mit fünf Sätzen alle Fragen beantwortet. Brav sage ich meinen Text auf.

Adoptieren heißt eben: anders sein. Die Brust aufknöpfen und es allen zeigen und sagen. Die Laden aus dem Bauch herausziehen und alle dürfen hineinschnüffeln. Adoptieren heißt auch: bewundert werden. Die Bewunderung kleben sie uns ungefragt auf. Bald glänzen wir klebrig rot wie kandierte Äpfel.

Die Sozialarbeiterin kommt in das Haus. Sollen wir schnell noch den Hund verstecken? Nein, keine Lügen. Sie sieht nicht aus wie eine Sozialarbeiterin, eher wie eine Agentin. Ein dynamisches Cabrio steht vor der Tür. Auf Stöckelschuhen geht sie den Gartenweg entlang auf uns zu. So eine freundliche Dame. Und doch. Sie sieht, ohne zu schauen. Kaffee. Kuchen. Fragen. Alles bleibt im einfühlsamen Bereich, das Gespräch blubbert wie ein Brei. Kontrolle bleibt Kontrolle, und ist gleichzeitig ungemein empathisch. Sie wollen es als Beratung verkaufen, als Unterstützung. Nicken. Lächeln. Und verstehen.

Sie schreibt mit. Unsere Hände sehen verkrampft aus. Nein, sie will das Obergeschoß nicht sehen. Was sie sehen musste, wurde gesehen. Jetzt das Häkchen auf der Liste, und schnell weiter. Zu viele Zettel, wirr gestapelt. Die Akten wachsen wie ein Tumor. Sie hat keine Zeit, sich die Papiere jetzt genau anzusehen. Also der nächste Termin. Wir sollen ins Büro kommen. Erste Instanz bestanden.

Ich vervollständige die Liste mit den Favoriten, die sich in den letzten Tagen angesammelt haben:

»Ein Afrikaner?? Nehmt einen Asiaten.«

»Wieso?«

»Der hat's leichter.«

»Wieso?«

»Ihr müsst ja nicht gleich mit dem Schlimmsten anfangen, oder?«

Kommt es mir nur so vor oder häufen sich die Meldungen von multiplen Kindstötungen?

Die deutsche Polizei findet die Leichen von neun Babys. Sie waren in Blumentöpfen und -kästen verscharrt. Ein österreichischer Bub findet in der Tiefkühltruhe Babyleichen neben der Pizza. Kinder kratzen Tapetenflusen von der Wand und verhungern, während die Eltern im Nebenzimmer videospielen.

Man liest ja immer wieder, dass eine Geburt eine Extremsituation sei und Übersprungshandlungen passieren können. Aber kann es neun Mal hintereinander dieselbe Übersprungshandlung geben? Kann man Kinder vor den Augen verhungern lassen? Babys ersticken, einfrieren, einbetonieren? Wo bleibt da die Weisheit von Mutter Natur, ihre Ökonomie? Was ist mit den Behörden los, mit den Nachbarn, mit den Kindesvätern? Das ungewollte Leben ist nichts wert. Eine Schere geht weit auf.

Unser erstes Adoptivelterntreffen. Ich bin nervös und habe feuchte Hände. Afrikanische Babys, Kleinkinder, Schulkinder und ihre Adoptiveltern. Eine große Frau trägt ein winziges Baby herum, mit einer selbstverständlichen Mütterlichkeit, die angeboren aussieht. Ich kann mich beim besten Willen nicht in dieser Rolle sehen, genieße aber den Anblick. Da ist immer noch eine tiefe Kluft zwischen mir und meinem eigenen Mutterverständnis, weil ich solche Bilder viel zu selten sehe.

Endlich kann ich mich an unserem zukünftigen Familienmodell sattsehen. Die Eltern lassen sich geduldig Löcher in den Bauch fragen, während sie Brei füttern, Streits schlichten, Milchfläschchen schütteln, Würstel schneiden, Pommes kühl blasen und umgeschütteten Apfelsaft mit Servietten auftunken. Ich darf sagen, was ich will. Ich hole nach, was ich in den letzten Jahren nicht sagen und fragen konnte und durfte, ich rede wie ein Maschinengewehr. Sie zerstreuen meine Sorgen und reden viel über Haut und Haare der Kinder, über Zöpfchen, über Blähungen und nur am Rande über ihre Kinderlosigkeit davor. Es sind Gespräche von einer wohltuenden Normalität, die an Langeweile grenzt. Keine Katastrophen.

Mein Mann beobachtet nüchtern, lässt sich aber auch bald hinreißen. Meine Begeisterung hat vielleicht etwas Hysterisches. Aber zum ersten Mal überhaupt habe ich das Gefühl, unseren Makel nicht bedecken zu müssen, mich nicht erklären zu müssen. Es ist Euphorie.

Traum

Ich stehe mitten im Verkehrsgetöse und greife in Panik auf meinen Bauch. Ich habe meinen Fötus vergessen. Ich weiß jetzt alles wieder. Das Kind ist im Bauch gestorben, weil ich nicht an es gedacht habe. Es ist wieder geschrumpft. Eine fremde Frau nähert sich, sie schüttelt vorwurfsvoll den Kopf. Warum habt ihr nichts gesagt? Sie schüttelt den Kopf immer schneller, er zerplatzt zu hellblauem Lärm.

14.

Dann eben gehen. Es die Füße abarbeiten lassen. Es geht ums Gehen. Der österreichische Jakobsweg ist genauso gut wie jeder andere. Jeder Schritt ein Bissen Rache. Es treibt mich von Ost nach West, ich verlaufe mich und fluche, aber abends habe ich immer Sonne im Gesicht. Die Schmerzen sind zyklisch, Blasen kommen und gehen, manchmal kippt die Stimmung spontan. Es murmelt im Kopf, die Schreie sind leiser geworden. Ich rauche und trinke und fresse wieder, stopfe den Leib unordentlich und hastig.

Am besten sind die Nächte, wenn das Blut in den Waden kreist und die Muskeln japsen. Und immer aufstehen und immer gehen. Regen fließt durch mich hindurch, Bäche, sogar Schnee. Wälder saugen mich auf und spucken mich wieder aus, Kühe und glotzende Bauern erwarten mich am Wegrand, aber ich habe es eilig, denn das Ankommen-Müssen zieht mich an allem vorbei.

Traurigkeit schwebt neben mir und streift mich auch manchmal, aber es hat sich ausgeweint. Ich gehe in Kirchen und starre den Jesus an. Gegen Westen wird er immer dürrer, dafür gibt es mehr von ihm, weil das Land mit Bildstöcken vermint ist. Das mit diesem Jesus ist nichts für mich. Überhaupt, jegliche Spiritualität verschließt sich mir, Reden erschöpft sich, bald bleibt nur noch Fluchen, wenn ich mich schon wieder verlaufen habe.

Manche geben mir unaufgefordert zu essen, manche sehen mir kopfschüttelnd nach. Ich bin ein tragisches Geschöpf mit Schweißflecken, und fast alle bedauern meinen Hund. An meinem Rucksack baumeln Socken zum Trocknen, auf den Trägern haben sich Salzkrusten gebildet wie Jahresringe. Im Spiegel mein Bauerngesicht: weiße Linien auf brauner Haut, sonnengebleichte Augenbrauen, aufgesprungene Lippen. Der Hund will schon seit Linz nicht mehr gehen, und seit Salzburg muss ich ihn hinter mir herziehen. Wenn das so weitergeht, werde ich ihn über den Arlberg tragen müssen. Ich habe kein Mitgefühl für uns beide, das Land zu durchqueren ist eine Arbeit, die getan werden muss. Eine Gleichgültigkeit macht sich breit, über die ich staune.

In Zeitlupe setze ich mich auf eine Bank, krame nach den Zigaretten und rauche mir eine an. Die Lärchen über mir nuscheln. Ich bin so von meinem Leben abmontiert, dass nichts mehr weh tut, nicht einmal die Beine. Als ich endlich in Feldkirch ankomme, fragt mich einer, warum ich es nicht zu Ende gehe, bis Bregenz. Ich muss lachen und gehe in die Kirche, eine Kerze anzünden. Die Kerze brennt, ich warte: Nichts passiert. Nur ein Bauarbeiter, der mir von einem Gerüst im Altarraum dabei zugesehen und eine respektvolle Pause eingelegt hat, beginnt, den Verputz abzuschlagen.

Traum

Ich bin schwanger, aber mein Embryo rutscht dauernd raus. Nackt und blutig laufe ich durch die Stadt, doch niemand stößt sich daran. Wenn ich mich hinhocke, kann ich den Embryo wieder hineinschieben. Obwohl ich nicht gesehen werde, schäme ich mich. Immer öfter muss ich mich hinhocken, hinter Laternen, Gebüsch, Plakatständern. Ein älterer Herr mit Hut sieht mir zu. Plötzlich bin ich sichtbar. Er zeigt auf mich. Leute schütteln erbost den Kopf. Ich schäme mich und lasse den Embryo rausrutschen.

15.

Als ich nach einem Monat zurückkomme, bin ich zu lange allein gewesen. Ich spreche jetzt eine andere Sprache, eine, die ich nur mit mir selbst teile. Freunde wurden Leute, Leute wurden Fremde.

Wir sind auf einer Geburtstagsfeier in einem viel zu kleinen Lokal. Die Luft klebt vor Fett und Rauch. Freunde küssen sich zur Begrüßung. Freunde interessieren sich füreinander. Das gilt auch für mich. Ich werde sprechen müssen. Es hat sich herumgesprochen, dass wir adoptieren. So etwas ist interessant und neu, origineller als eine Scheidung, ein Betrug, ein Kuckuckskind.

»Also ich würd' nicht adoptieren!«

»Dass ihr euch das traut!«

»Da weiß man ja nicht, was man kriegt!«

»Warum kein Inländisches?«

»Weil es die nicht mehr gibt.«

»Warum nicht?«

»Weil die Leute verhüten, abtreiben oder ihre Kinder behalten.«

»Und warum keines aus Russland?«

»Uns ist Afrika sympathischer als Russland.«

»Gibt es keine weißen Kinder in Afrika?«

Ich sehe auf die Uhr. Vor halb elf kann ich mich unmöglich zurückziehen. Ich kann auch nicht ewig auf dem Klo darauf warten, dass die Zeit vergeht. Sie zu unterhalten ist ein Ausweg. Eine Lachnummer sein, ihnen den Atem nehmen. Ich gehe wieder ins Lokal und laufe in die nächste Freundin, sie zieht immer neue Fragen aus der Backentasche. Ich lenke ab und unterhalte. Andere kommen dazu und lachen. Ich führe sie an die Fröhlichkeit wie an eine Tränke. Ich spritze mit bunter Farbe, bis sie aus ist. Im Notfall bleibt immer noch das Klo.

Falsch. Habe ich nicht damit aufgehört, mich am Klo zu verstecken? Ich denke mir ein neues Spiel aus: Alles ist erlaubt, außer ausweichend zu antworten. Ich gehe nicht aufs Klo, sondern warte auf die Frage, die auch kommt: »Wann ist es denn bei euch soweit? Wolltet ihr nicht adoptieren?«

»Wenn du es genau wissen willst, es ist ungemein schwierig. Und wir haben vor ein paar Wochen ein Kind verloren.«

Ich erzähl es ganz trocken. Sie sind aufgeschreckt und sehen mich an. Ich mache weiter.

»Wir stellen uns so blöd dabei an, vielleicht könnt ihr uns beraten?« Verunsichertes Schweigen.

»Andererseits, wer will schon Kinder«, sage ich zum Schluss.

Dann weide ich mich daran, wie sie sich vor Peinlichkeit winden. Sie beschämt zu haben, ist meine Jagdbeute, auf die ich den Fuß stellen kann.

Traum

Ich muss einen Kindersitz einbauen. Im Inneren des Autos wächst ein dichter Dschungel aus scharfkantigen Gurten. Meine Hände reißen auf, und ich kann die Tausenden von Schnallen nicht schließen, weil sie glitschig sind. Überall klebt Vanillepudding.

16.

Die erste Informationsveranstaltung des Adoptionsvereins, das erste Treffen mit den anderen Adoptivwerbern. Ein geschützter Raum, eine geschützte Werkstätte. Kurze Vorstellungsrunde, wer, warum, von wo und wann adoptieren will. Die Verletzungen, die verhinderten Familiengeschichten werden in ein paar Stichworten zusammengefasst. Wir sind als Letzte an der Reihe, und ich schäme mich für unser harmloses Schicksal. Zehn Fehlgeburten, zwei tote Kinder, 15 Jahre Kinderwunsch, da können wir nicht mithalten. Manche wollen zwei Kinder, manche wollen ein Dreijähriges, manche sind sich noch nicht sicher, manche wollen hier und jetzt sofort. Wir verstehen bald, dass es kein Wollen gibt, kein Aussuchen, keine Ansprüche, keine kalkulierbaren Zeiträume. Es ist ein Dürfen. Wir suchen Eltern für Kinder, und nicht Kinder für Eltern, sagt man uns. Ein gewöhnungsbedürftiger Ansatz, der uns andererseits sehr beruhigt. Das Wort Kinderhandel fällt ziemlich oft. Den gilt es auf jeden Fall zu vermeiden. Wir sind verunsichert. Wir kennen den Einwand von den Zweiflern in unserem Bekanntenkreis. Der Einwand verhindert nicht die Geburt von ungewollten Kindern.

In Äthiopien legen sie die zu vielen Kinder in Zeitungspapier gewickelt auf die Kirchenstufen. In Südafrika ist es um die Gesundheit besser gestellt, da gibt es Krankenhäuser, wo die zu vielen abgegeben werden können. HIV, Unterernährung, Gaumenspalten, Neurodermitis, Frühgeburten, die Krätze, Wurmbefall, Hundebisse. Man muss sich für ein Land entscheiden.

Wir haben uns für ein Land entschieden, von dem wir denken, dass es transparente Abläufe gewährleisten kann. Aber die Behörde des Herkunftslandes und die des Ankunftslandes haben sich noch nicht für uns entschieden.

Die österreichischen Behörden müssen zuallererst einmal unsere Eckdaten ermitteln.

Was sind Ihre Werte? Ihren rechten Arm, bitte! Ihren Urin, bitte! Ihren Strafregisterauszug?

Ihre Wohnfläche? Ihr Vermögen?

Die Kästchen müssen ausgefüllt werden!

Erst wenn alle Kästchen ausgefüllt sind, darf der nächste Punkt auf der Liste bearbeitet werden! Wir sind wieder dienstags von 14.00 bis 20.00 Uhr für Sie da!

Mein Embryo wird in Papier gepackt, Schicht um Schicht. Formulare sind sein Uterus, ein kaltes Knistern sein Nest. Schranken begrenzen meine Mutterschaft, Bewilligungen, rechte Winkel, Bedingungen, Befunde, Gutachten. Leute sehen tief in uns hinein und trinken dabei Kaffee. Häkchen werden gemacht. Es werden immer wieder dieselben Fragen gestellt.

Haben Sie es verdaut?

Haben Sie es verkraftet?

Haben Sie es sich wirklich gut überlegt?

Sind Sie sicher ganz sicher?

Haben Sie es sich mit allen Konsequenzen überlegt?

Und die Schwester und der Bruder?

Und die Eltern und die Großeltern?

Haben es sich alle wirklich gut überlegt?

Wir schlucken es runter und nicken.

Wir halten unser Maul auf Deutsch und auf Englisch.

Ich schreibe natürlich nicht hin, dass mein Großvater ein waschechter Nazi ist. Ich schreibe nicht hin, dass es ihm nicht gefallen könnte, wenn wir einen Neger adoptieren und dass das meiner Mutter größere Sorge macht als so manches, was ihre Sorge wirklich verdient hätte. Ich schreibe nicht hin, dass wir nicht damit rechnen, dass der Großvater die Ankunft des Kindes noch erleben wird. Ich schreibe nicht hin, was das eigentlich die Behörden angeht, dass ich finde, dass es meine Großeltern einen Scheißdreck angeht, wen oder was ich großziehe.

Aber auch die südafrikanische Behörde hat ihre Befindlichkeiten. Sie verlangt drei Empfehlungsschreiben von drei unterschiedlichen Personen, die uns gut kennen müssen, aber nicht mit uns verwandt sein dürfen. Drei pro Antragsteller. Englisch. Unzumutbar. Wir werden uns das selber schreiben und unsere Freunde unterschreiben lassen. Zum ersten Mal in unserem Leben kriechen wir uns selbst tief in den Arsch und werden rot vor Scham, als unsere Freunde das lesen. Unsere Akte ist dick geworden in den letzten Monaten. Das, was nach Südafrika geschickt wird, heißt Dossier. Das Wort Dossier klingt nach feiner Diplomatie, nach Vorfreude, nach rotem Lacksiegel. Aber es bedeutet einfach nur: Aktentumor.

Irgendwann darf unser Dossier endlich nach Südafrika. Aber das heißt noch lange nichts. Immer wieder stockt der Prozess. Immer wieder passieren Katastrophen. Wenn ein winziges Rädchen in dem riesigen Behördenapparat klemmt, kommen die Adoptivschwangerschaften ins Stocken und zum Stehen. Wenn Wahlen sind. Wenn ein Gesetz novelliert wird. Wenn irgendein Beamter oder eine Beamtin krank ist. Einen Zettel verschmeißt. Krank ist. Faul ist. Ausgetauscht wird. Eine Unterschrift vergisst. Eine Liste nicht vollständig ausdruckt.

Wir feiern trotzdem vorsichtig den offiziellen Beginn unserer Adoptivschwangerschaft. Wir kennen jetzt drei Paare, deren Akten mit unseren Akten in der Post waren. Wir zittern jetzt gemeinsam um unsere Kinder. Um unsere Elternschaft. Man sagt uns, dass man nichts tun kann. Man soll auch bitte nicht dauernd anrufen. Also telefonieren wir miteinander. Stundenlang. Wir heulen vor Glück, dass wir endlich nicht mehr allein sind.

Traum

Die Sozialarbeiterin kommt ins Haus. Sie will das erste Kind sehen, sagt sie. Welches Kind, fragen wir. Da fällt es mir wieder ein. Ich habe das Kind im Büro meines Mannes vergessen. Panisch rechne ich nach. Es muss vier oder fünf Jahre alt sein. Wie konnte ich auf meine Tochter vergessen? Ich schweige vor Scham und Angst. Ist sie verhungert, verdurstet, in Exkrementen erstickt? Ob sie noch lebt? Warum habe ich auf sie vergessen, wie kann denn das sein? Wir gehen die Treppen hinauf, ich habe die schlimmsten Befürchtungen. Die Sozialarbeiterin öffnet die Bürotür. Da sitzt sie, meine Tochter. Sie hat blonde Haare, trägt einen roten Rock, weiße Söckchen, die Beine baumeln. Lackschuhe mit Riemchen. Sie hat uns schon erwartet.

17.

Es ist nicht dasselbe. Es ist nicht wie schwanger sein. Es ist wider die Natur. Alle haben Zweifel, weil die Auslandsadoption nicht die Norm ist. Die Norm ist: Mann und Frau machen ein Kind, das nach neun Monaten gesund schlüpft und von Eltern, die unfehlbar sind, liebevoll und ordentlich aufgezogen wird.

Ich bin von Heiligen umzingelt, die das Leben bejubeln. Natürlich kann auch etwas schiefgehen, wenn man seine Kinder »normal« bekommt. Aber man ist guter Hoffnung und sieht nur die Vorderseite. Ich sehe, was alles schiefgeht. Ich sehe Kinder mit kariesschwarzen Zähnen. Ich sehe saufende Väter und Mütter, die ihre Kinder vernachlässigen. Ich sehe Kinder, die weinen, weil ihre Mütter sie anschreien und am Arm reißen. Ich sehe Väter, die lieber Söhne gehabt hätten und ihre Töchter verachten. Ich sehe Mütter, die genervt die Augen verdrehen und ihre Kleinkinder stundenlang vor dem Fernseher parken. Ich sehe hochschwangere Frauen vor dem Kindergarten rauchen. Ich sehe Kindern zu, wie sie ihre Eltern beim täglichen Einander-Hassen beobachten. Ich sehe Kindern beim Traumatisiert-Werden zu. Das ist alles zulässig, denn diese Leute haben ein Recht darauf, ihre Kinder zu zerstören, weil sie sie geschaffen haben.

Wenn es um Leben geht, ist bedingungslose Freude angebracht. Alle grinsen blöde, als wären sie in einer Sekte. Wenn es um Adoption geht, ist Misstrauen angebracht, das von uns abgearbeitet werden muss und dann in Bewunderung umschlägt.

Während die anderen guter Hoffnung sind, sind wir ungemein mutig. Ich will, dass sich alle freuen, weil wir ein Kind bekommen, aber stattdessen sorgen sie sich, als würden wir in einen Abgrund springen. Wir stehen im Schatten der Risiken, die wir eingehen. Ich stehe im Schatten meiner gescheiterten Mutterschaft, die hätte sein können. Die unverdächtig gewesen wäre, gefahrenlos, natürlich. Es ist noch lange nicht vorbei.

Weil wir nicht guter Hoffnung sein dürfen, missgönne ich sie den anderen. Meine Missgunst ist allerdings strengstens verboten und geheim. Die bleibt schön drinnen, und darüber gieße ich das sämige Lächeln der Freude. Immer wenn es um Leben geht, ist da ein Wald aus Rufzeichen.

Ich bin an der Stelle, wo sie sich über das Leben freuen, amputiert. Aber mein Gesicht bemüht sich, es gibt sein Bestes und schneidet Grimassen des Mitgefühls. Es spricht, was gesprochen werden muss, sieht, was gesehen werden muss und gibt Acht, dass Gefühltes hinter dem Damm bleibt. Das Gesicht muss fest auf der Bremse stehen. Sonst quillt alles hervor. Wenn Ultraschallbilder gereicht werden, müssen die Lefzen hochgezogen werden, Wörter wie »süß« oder »schau«, »herzig« oder Ähnliches müssen gesagt werden. Auch wenn die Beziehung im Arsch ist und kein Geld da und ein Alkoholproblem unübersehbar und ein Drogenproblem ebenso und die Psyche der Eltern ein Witz, ein einziger Witz.

Kind ist Kind und ist gut.

Heimlich sammle ich Fehlgeburten. Die, die sich erledigt haben und die, die noch kommen werden. Ich sammle Ungeborenes, Ungezeugtes. Leben, das sich verweigert. Ich sammle das Unglück der anderen. Mit schwarzen Schwingen umkreise ich den Tratsch der Freunde, die Informationen aus den Medien. Was weh tut, was Köpfe schütteln lässt, das picke ich mir raus. Je schrecklicher, desto süßer.

Ich sammle das Leid und die Tränen, werfe sie in meine Schatztruhe und lasse meine Hand durchgleiten. Es glitzert schön. Einmal kann ich daneben sitzen und muss nicht mittendrin sein. Es ist fantastisch, dass es anderen ebenfalls passiert. Ich weiß, dass es grundfalsch ist, sich am Unglück anderer zu weiden. Dass der Biss ins Leere geht. Und dass der Schmerz dadurch nicht kleiner wird, weiß ich auch. Das ist mir wurscht.

Die meisten reden nicht über ihre Fehlgeburten. Nur eine. Die lässt sich erweichen. Ich möchte hören, dass es besser wird. Ich möchte meine Geschichte erzählen, aber ich komme nicht dazu, weil die Besitzerin der Fehlgeburt nicht aufhört, mir ihr Leid zu klagen. Es sei so tragisch gewesen. Sie kommt wohl nie darüber weg. Dann sieht sie in die Ferne und führt mir vor, wie das geht, das Leiden. Dabei streicht sie sich über den Bauch, ihr Zweites erwartet sie in wenigen Tagen. In meiner rechten Backe steckt ein Lachen, in meiner linken ein Weinen. Ich warte, bis uns jemand erlöst, dann nehme ich mein Schicksal an der Hand und führe es an die frische Luft.

Dann eben wieder mal laufen. Der Körper meint, den Weg zu kennen. Wir hätten früher schlafen gehen sollen, noch bevor die Messer geflogen sind. Die Freundinnen sind zusammengesessen und haben über ihre Kinder geredet und wie man verhüten kann. Und dass man verhüten müsse, sein ganzes Leben lang. Und wie mühsam das sei. Ich sagte, ich wolle darüber nicht reden. Ob man nicht das Thema wechseln könne. Nein, das müsse ich doch aushalten. Das sei doch ihr Recht, darüber zu reden. Der Morgen ist bleich und feucht. Ich laufe den Hügel hinab, der Körper schlägt am Asphalt auf, Regenwasser spritzt von den Sohlen, ich fliege hinab, Kürbisse faulen, die Luft frisch und unverbraucht, Messer springen aus der Brust, der Wald nimmt mich in die Arme. Ich komme aus einer Gegend, die sie nicht kennen, ich habe die Unterseite gesehen, die Rückseite, die Hinterwand. Manchmal trampeln sie auf mir herum und merken es nicht. Ich werde dann ganz klein und still und muss die kleine Wahrheit heimlich aus meiner Vagina herauswürgen: dass es ungerecht ist. Ungeheuerlich.

Unfruchtbar. Unfruchtbar. Unfruchtbar. Schritt für Schritt. Monat für Monat. Ein ganzes Leben lang. Ich darf mich beim Selbstmitleid unbegrenzt bedienen. Ich fresse und schaufle es in mich hinein, bis ich nicht mehr kann. Wenn ich alleine bin, darf ich beim Laufen toben und schreien und heulen und der Wald hört mir zu und nickt fürsorglich. Das Laufen hebt meinen Kopf, streckt meinen Rücken, rekonstruiert meinen Wert. Gleich werde ich wieder aufrecht und gerade stehen dürfen.

18.

Eine Frau, die ich mein Leben lang still verachtet habe, greift auf meine Schulter und bedauert mich. Ich würge unauffällig. Dafür bin ich nicht gemacht. Die Welt steht Kopf und ich sehe alles verschwommen. Doch ich höre sehr gut. Besonders Dinge, die nicht gesagt werden.

Ich höre: Ihre Person, ihre Intelligenz ist unwichtig. Was sie tut, unwichtig. Aussehen: unwichtig. Ihr beruflicher Erfolg ist es, ihr Humor, ihr eloquentes Auftreten – unwichtig. Ihr künstlerischer Erfolg? Das hat sie jetzt davon! Mein Blick fällt kritisch auf das, was von mir übrig geblieben ist. Ich scharre darin mit dem Fuß.

Dinge, die ich gut kann? Irrelevant, wenn wir keine Familie gründen können. Wichtig ist nämlich, Kinder zu haben, vor allem gesunde Kinder. Hausgemachte.

Also bin ich viele Ersatzhandlungen, bis unser Kind kommt. Ich stehe zur Verfügung. Als multifunktionales Weibchen. Als Unterhalterin aus Pappe, die Späße macht und nach dem Fest wieder zusammengefaltet und unter einer Plane im Gartenhäuschen verstaut werden kann. Als Arbeitsmaschine, die man auch während der Weihnachtsfeiertage anstecken und in Betrieb nehmen kann. Als Modepuppe, als Konsumentin, die die Wirtschaft belebt.

Mein Leben ist ein Anstatt-Leben. Ich bin und kann und mache jetzt alles nur, weil wir das mit den Kindern nicht können. Ich erwische mich dabei, wie ich schon selbst so denke.

Traum

Mein Schädel ist abnehmbar. Ich stelle ihn auf einen Schreibtisch, betrachte ihn eingehend und untersuche seine Zähne. Sie sind mit graubraunem Zahnbelag überzogen. Ich ziehe mich um und sehe aus dem Fenster. Burginnenhof, mittelalterlich. Lauter Bekannte stellen sich an. Ein Riesengedränge. Auch Leute, die ich schon lange nicht gesehen habe. Frauen. Männer. Entfernte Familienmitglieder, verflossene Freunde. Jetzt erst sehe ich, wozu sie sich alle anstellen, ich sehe den Galgen. Es ist meine Hinrichtung.
Ich gehe in den Hof und stelle mich auch an. Ich stelle mich für meine eigene Hinrichtung an.

19.

Nein, es ist immer noch nicht wie schwanger sein. Es ist eine unbegrenzte Wartezeit, die durch behördliche Entmutigungen unterbrochen wird. Es ist keine Zeit des Blühens, sondern des Vertrocknens.

Ernst bin ich geworden, böse und kalt. Ein dürrer Körper würde mir jetzt besser stehen als diese fleischige Weiblichkeit, die ich vor mir herschiebe. Mit diesem Busen nicht zu stillen, ist Unterlassung. Muskel, Knochen, Flachsen und Knorpel müsste ich haben und jede Menge sichtbare dicke Adern, die ich abdrücken könnte, wenn mir danach wäre. Ich stelle mir vor, wie ich ein Messer in die Hand nehme. Zuerst würde ich das Fett mit der Linken am Bauch packen und mit der Rechten die Schwarte von der Breitseite her abschneiden, ganz konzentriert. Die Schwarte würde sich zieren, und ich würde staunen, wie dunkel das Fett wäre. Das Fett würde ich in eine Schüssel geben, vorerst.

Dann eine dicke Spritze nehmen und die kleinen Regionen bearbeiten. Zuerst den Hüftspeck. Ganz leicht stieße sich die Nadel ins Fleisch, wie in die Haut, die sich auf dem Vanillepudding bildet. Dann würde ich den Kolben der Spritze langsam hochziehen, und das Fett spritzte hinein. Herrlich wäre das. Und so würde ich weitermachen: Innenschenkel, Oberarme, blöd nur der Rücken, aber das ginge schon irgendwie. Für zuletzt würde ich mir das Doppelkinn aufheben, da müsste ich wieder das Messer nehmen, und das Geräusch klänge wie ein Riss durch Papier. Das ganze Fett würde ich erst bestaunen und dann genussvoll wegwerfen. Was übrig bleibt, wäre der Körper, der passt.

20.

Leibliche Kinder sind geliebte Kinder. Adoptierte Kinder sind Vorsicht-Kinder. Leibliche Eltern kriegen die Kompetenz quasi mit der Nachgeburt geliefert. Du hast das Papier.

Und jetzt endlich: Schnauze.

21.

Ein Anruf.

Man hat zehn Tage, um alles vorzubereiten, das man sich nicht vorzubereiten getraut hat.

KIND

22.

Im Waisenhaus drückt mir die große, dicke Zulufrau das Kind in die Arme. Now you try, sagt sie. Ich kann es halten, ich kann es wickeln, ich kann Fläschchen geben. Die Zulufrau lächelt zufrieden und nickt. Here you go! Es ist fast fünf Monate alt. Es ist viel größer, als ich dachte. Es ist schwer. Es hat glänzende Lippen und anthrazitfarbene Augen. Sein Blick ist so erwachsen. Jede Afrikanerin in diesem Land passt besser zu dem Kind als ich, denke ich. Unsere Häute sind Morgen und Abend. Meine Arme wachsen um das Kind herum. Ich werde mutiger und gierig.

Es ist einfacher, als wir dachten und gleichzeitig irrwitzig neu. Es ist vor allem ständig und überall und allumfassend. Es lässt dich keine Minute los. Alles zerfließt, zerfällt. Nichts bleibt ganz. Keine Stunde, keine Handlung. Nichts. Dein Tag: unzählige neue Pflichten. Wir sind wie halbiert, haben immer eine Hand zu wenig. Der Schlaf ist ein aneinandergereihtes Aufwachen. Neues stapelt sich. Der kleine Körper ist unendlich fragil und sehr beweglich. Man muss so viel wissen, was man zu lesen verabsäumt hat. Neues türmt sich auf und wir wanken durch die Täler dazwischen. In den freien Minuten versuche ich, mir die nicht angeborene Kompetenz anzulesen. Das Buch über Babys beginnt mit dem Satz: Bleiben Sie ganz ruhig. Es ist Ihr Kind, es ist in Ihrem Bauch gewachsen. Sie haben es geboren. Sie wissen, was gut für es ist.

Ich lege das Buch weg.

Berühren. Flüstern. Ansehen. Zudecken. Herausnehmen. Herumtragen. Ansehen. Füttern. Ins Bett legen, herausnehmen. Es ist gar nicht so schwer. Lächeln, und dabei wahnsinnige Kreuzschmerzen haben.

Wir müssen drei Wochen im Land bleiben. In Johannesburg ist im Mai Winter. Es hat sogar leicht geschneit, als wir gekommen sind, und an der Tankstelle neben unserer Pension lagen zwei Tote unter Aluminiumplanen. Wir trauen uns anfangs nicht aus dem stracheldrahtumzäunten Haus, aber nach zwei Wochen sind wir verzweifelt genug, das Risiko einzugehen, ein paar Minuten ins Einkaufszentrum zu spazieren.

Als die Schwarzen das dunkle Kind im Kinderwagen des weißen Paares entdecken, sind sie ganz aus dem Häuschen. Im Supermarkt kommt eine Frau auf mich zu und umarmt mich. Thank you, sagt sie. Thank you so much.

23.

Bei Gericht wird es nicht gerne gesehen, wenn die Weißen zu geschniegelt oder zu schlampig auftreten. Ich ziehe mich vor dem Termin fünfmal um und werde hysterisch. Die Richterin trägt eine Robe und stellt streng klingende Fragen. Unsere Sozialarbeiterin bestätigt unsere viel geprüfte Eignung. In der Minute, in der die Adoption von der Richterin offiziell ausgesprochen wird, kotzt mir das Kind auf die Schulter, den Hals, in den Ausschnitt. Während wir feierlich im Stehen den Richterspruch hören, schreit das Kind, ich fuchtle herum, die Kotze tropft auf den feinen Teppichboden der Richterin, ich werde panisch. Jetzt sehen sie, wie ungeschickt wir sind. Vielleicht nehmen sie es mir jetzt wieder weg, vielleicht will es ja gar nicht von uns adoptiert werden, vielleicht sollten wir das Schicksal nicht so manipulieren.

Aber es ist gleich wieder vorbei. Das Kind beruhigt sich, und wir bekommen unser Stück Papier, auf dem steht, dass dieses Kind unwiderruflich unser Kind ist. Neben der südafrikanischen Flagge stehen und die Hymne hören, ein Foto machen, vor Glück heulen, und fertig. Am Heimweg schläft es ein, die erbrochene Milch trocknet und riecht säuerlich, und ich kann nicht aufhören, wie verrückt zu heulen. Auch nicht, als wir uns ans Feiern machen, denn die Vermieterin hat für uns ein Fest bereitet. Die anderen stoßen sich nicht an meinem Weinen, es gehört zum Prozess dazu, alle kennen das. Wir sind drei Familien in derselben Pension, die alle am selben Tag ihr Kind bekommen haben. Sie sind nicht so hysterisch wie ich, und sie werden auch nicht ständig angekotzt, sie sagen Sätze wie: Speikinder sind Gedeihkinder.

Die beruhigen mich. Irgendwann hört das Weinen auf.

Das Kind schläft auf mir, ich trinke Bier und muss an die riesige Verantwortung denken, die wir uns aufgeladen haben. Ist das ein Grund zu feiern? Wäre das nicht der gegebene Anlass für eine ausgewachsene Panikattacke?

Der Abend ist überraschend lau für den afrikanischen Winter. Es riecht nach verbrannten Würsten, nach dem vertrockneten Gras auf dem Hügel hinter dem Stacheldrahtzaun mit den Rasierklingen darin. Es ist ein familiäres Gefühl, von Menschen umgeben zu sein, die ein ähnliches Schicksal haben wie ich und die darüber sprechen, ohne Maskierung, ohne Tabus. Ihre Offenheit, ihre Freude legt sich für diesen Abend friedlich auf meine Ängste.

Auf unsere Kinder!

24.

Bei der Zwischenlandung in Frankfurt geht Europa los. Die letzten Schwarzen aus unserem Flieger versickern im Flughafen, und der Grenzbeamte taucht raschelnd in unsere Papiere ein. Ich stehe da, halte das Kind und werde von der länger werdenden, weißen Warteschlange angestarrt. Als wären wir nackt. Einer schüttelt den Kopf. Wir sind daheim.

Daheim warten ein überglücklicher Hund, ein Frühstück bei den Eltern, eine Woche voller Besuche und viele, viele Geschenke. Als der Trubel vorbei ist, öffne ich die Tür zu unserer neuen Existenz. Die als richtige Familie. In einer richtigen Familie sind alle glücklich und der Alltag ist das Paradies. Ich bin viel allein mit dem Kind. Eigentlich ständig. Gehört das so? Sind alle Mütter alleine mit ihren Kindern. Im Supermarkt, im Park, im Haus? Ich orientiere mich neu. Nein, sind sie nicht. Sie sind zusammen allein im Supermarkt, in den Parks, in den Häusern. Während die anderen spazieren gehen und in Babytreffs sitzen, besorge ich die Papiere für den kleinen Antragsteller und gehe zu Ärzten, obwohl das Kind nicht krank ist. Die Ärzte bescheinigen uns, dass wir prinzipiell ein gesundes Kind adoptiert haben. Doch sie vertrauen den südafrikanischen Ärzten und Laboratorien nicht und nehmen sicherheitshalber noch eine Blutprobe. Das Kind hat panische Angst vor den Nadeln, die Mutter muss den zuckenden Arm während der scheinbar ewig dauernden Blutabnahme festhalten und weint mit dem Kind. Nein, das Kind hat tatsächlich keine Viruserkrankungen, keine Organschäden, keine Qualitätsmängel. Ich ärgere mich über mich selbst, dass ich das Kind unnötigen Qualen ausgesetzt habe. Ich ärgere mich über die Erwartungshaltung der Ärzte. Aber das große Zweifeln ist in diesem Land ganz normal. Erst wenn alle Ärzte grünes Licht gegeben haben, darf man sich über ein gesundes Kind freuen.

Am Abend seines 98ten Geburtstages stelle ich meinem Nazi-Großvater sein Neger-Urenkerl vor. Alle haben sich gefürchtet vor diesem Moment. So etwas hat sich noch niemand in der Familie getraut, einen Andersfarbigen daherzubringen. Einen Waschechten, von dort. Wir sitzen unter der Weinlaube, die Familie starrt gebannt auf die Begegnung. Ich bin jederzeit bereit, das Kind an mich zu reißen und jedem, der einen Mucks macht, den Schädel abzuschlagen. Der Großvater sitzt im Rollstuhl und seine Blicke wandern flink über das Kind in seinem Kindersitz.

Der ist ja gar nicht schwarz, sagt er. Der ist braun.

25.

In der Früh beklagt es sich nicht wie andere Kinder. Das Erste, was es nach dem Aufwachen tut, ist, seine Hände zu betrachten, als wären sie ein unglaubliches Geschenk, das über Nacht gewachsen ist. Wochenlang geht das so. Wenn es uns sieht, rudert es dann mit den Armen. Und lacht.

Ich bin jetzt auch so eine Mutter. Diemütter haben zwei Beine, vier Räder und große Taschen. Diemütter haben Brüste dabei, oder geben sonst wie Milch. Sie haben alles in Reserve und Ordnung – und Gott sei Dank gibt es Feuchttücher. Tage sind in Mahlzeiten und Schlafpausen unterteilt, dazwischen liegen Unmengen von Stunden, vorgeschnitten in kleinen Tupperwarebehältern. Diemütter vergleichen die Rückbildung der Mutterorgane, und manches wird nicht wieder gut. Diemütter sein heißt: Tage enden nicht. Diemütter reden immer über dasselbe, die Themen tröpfeln zäh wie der Brei aus den Fläschchen. Sie prahlen damit, wie wenig sie schlafen, wie viel ihre Kinder schreien, mit wie vielen Stichen sie genäht wurden. Im Kollektiv lecken sie ihre Wunden. Wer am meisten leidet, ist die Königin und wird bedauert.

Das ist die Belohnung für die Strapazen von Diemütter.

Wir gehören aber nicht zum Rudel. Wenn wir kommen, fällt ein Schatten auf die Idylle. Ich trinke keinen koffeinfreien Kaffee. Kein alkoholfreies Bier, keinen Kindersekt. Ich habe keine Stilleinlagen, mache keine Rückbildungsgymnastik, muss keine Still-Diät halten wegen der Blähungen. Wir haben den Gratis-Babyrucksack von der Gemeinde nicht bekommen, weil wir ihn nicht innerhalb der vorgegebenen Frist – drei Monate nach der Geburt – abgeholt haben und leider keine Ausnahmen gemacht werden können. Ich mache keine Sitzbäder mit Eichenrinde, brauche keine Milchpumpe, keinen Still-Tee und keine Topfenwickel gegen Milchstau.

Ich brauche:

3 verschiedene Staatsbürgerschaftsnachweise
3 Meldezettel
1 Niederlassungskarte
1 Aufenthalts- und Arbeitsgenehmigung
3 Geburtsurkunden
5 zuständige Behörden
4 Monate Wartezeit.

Wir sind immer die Ersten, die vom Spielplatz nach Hause gehen. Dann sehen sie uns nach und es wird wieder sonnig im Mutter-Kind-Land.

Während der kleine, neue österreichische Staatsbürger schläft, versuche ich es wieder mit einem Buch, das mir empfohlen wurde. Es ist so geschrieben: »Cremen Sie die Ärmchen und Beinchen Ihres Schatzes vorsichtig ein. Achten Sie dabei auf das Köpfchen.« Ich werde wie ein Vollidiot angesprochen, und mein Kind, als wäre es eine Porzellanpuppe. Unter den Sätzen lauert lückenlos Entmündigung. Etwas spießt sich. Mir geht die Sprache gegen den Strich, die Dogmatik. Von wem lasse ich mir hier erklären, wie ich mit meinem Kind umgehen soll? Ich sehe mir das Foto der Autorin an. Sie hat blonde Locken und lächelt selig in die Kamera, und sie ist Mutter dreier Kinder. Ich versuche es weiter. Das Buch ist voll geheimer Gebote in Pastellsprache. Wie in einer Diktatur. Wer widerspricht, der wird die Mutterkompetenz abgesprochen! Die wird an die Wand gestellt und entmuttert!

Gegenmeinungen sind nur zugelassen, wenn sie gerade in Mode sind. Warum kann ich nicht darüber hinwegsehen und es einfach lesen? Wenn ich die notwendigen Hormone im Körper hätte, hätte ich vielleicht mehr Vertrauen in meine Instinkte und weniger Bedarf nach fremder, angelesener Mutterkompetenz. Warum kann ich nicht sein wie die anderen Mütter?

Traum

Ich laufe durch trockene Ebenen, spreche mit Fremden, verstecke Verbotenes. Ich baue Skulpturen aus faschiertem Fleisch, ich züchte Tapire, ich schneide gestreifte Maden aus meiner Unterhaut.
Im Traum existiert das Kind nicht. Monatelang.

26.

Mutter sein heißt: Angst haben müssen. Die Angst ist ein blasses Tier mit vielen Zitzen, das liegt überall dort im Weg, wo Kinder sind. Die Angst säugt ganze Industriezweige: die Pharmaindustrie, die Einrichtungshäuser, die Beratungsindustrie, die Nahrungsmittelindustrie, die Fahrradhelmhersteller, die Schihelmproduzenten, die Erzeuger von Knie- und Ellenbeugenschützern, die BIO-Landwirtschaft, die Öko-Spielzeugmacher, die Autokindersitzverkäufer. Überall lauern Gefahren, und Finger zeigen darauf. Wenn man das alles glaubt und kauft und tut, was andere für richtig deklarieren, kann man Sicherheit ansparen.

Ein Kind haben heißt: Nähe erleben. Ertragen. An der Kontaktstelle zwischen Mutter und Kind wird es heiß. Im August gehe ich mit viel nackter Haut herum, das fast nackte Kind in meine Taille gedrückt. Auf die Brust gelegt. Über die Schulter gelegt. Auf meinen Schoß gesetzt, an meinen Bauch gelehnt. Unser Schweiß bildet einen Film, vermischt sich, rinnt unentwegt. Wir schwitzen gemeinsam in das Bett, auf Handtücher, auf Decken, in Sitzpolster hinein. Heiße Milchfläschchen im Jahrhundertsommer. Die Hitze türmt sich auf, lehnt sich gegen die Schlaflosigkeit, Gewitter brauen sich zusammen. Wir warten darauf, dass es kühler wird, dass das Kind durchschläft, dass alles wieder normal wird.

Es rudert mit den Armen. Es gurrt. Es mag hohe Stimmen und das Lied »Der Kuckuck und der Esel«. Es mag Englisch. Es weint nicht, wenn ich es aus der Hand gebe. Nicht, wenn ich aus dem Zimmer gehe. Nicht, wenn ich wegfahre.

Es legt nicht seinen Kopf auf die Schulter, wenn ich es hochnehme, sondern es sieht mich an. Abschätzig, meinen die einen. Allwissend, meinen die anderen. Es erkennt alles wieder, sagt eine. Das Kind schafft es, dass jeder eine Meinung hat. Um wach zu bleiben, schüttelt es den Kopf, schmeißt den Schlaf weit von sich.

Alles, was ich sehe, ist: Es ist nicht wie andere Kinder. Das ist mir ganz recht. Ich bin auch eine Mutter wie keine andere. Wir haben beide auf dem Weg zum Elternhaben und Kindhaben einen Umweg nehmen müssen. Dort treffen wir einander und können uns ansehen und annähern. Ich creme das Kind nach dem Bad ein und gebe ihm ein bisschen Creme auf den kleinen Zeigefinger. Fasziniert sehen wir gemeinsam dabei zu, wie die hellgelbe Creme in die braune Haut einzieht. Ich nehme die kleinen Füße in die Hände, die Zehen mit den winzigen Zehennägeln, streichle die unverhornte Haut auf den rosigen Fußsohlen. Der Abend, der Schlaf macht es zu dem Kind, das meines sein könnte. Sein Kopf liegt dann ganz entspannt auf meiner Schulter. Ich lege es nicht gleich ins Gitterbett. Wenn es schläft, spielen wir Mutter und Kind.

Das Herz in zwei gleich große Hälften teilen: eine mit Kakao, eine mit Vanille. Ineinanderrühren, den Löffel drehen und abschlecken. In den Ofen hineinsehen. Auf den Geruch warten.

27.

Der Tag ist das Kind. 24 Stunden sind tausend kleine Betreuungseinheiten. Dazwischen kaum etwas. Ich atme flach.

Ich warte darauf, dass es wieder normal wird. Wenn es schläft, versuche ich zu arbeiten. Es gibt eine neue Liste mit Sätzen für mein Journal:

»Mein Gott, so ein schönes Kind!!«

»Ist das Ihres?«

»Ist das Ihr eigenes?«

»Haben sie den adoptiert?«

»War das schwierig?«

»Und seine richtige Mutter?«

»Was kostet so was?«

Wir suchen uns neue Freundinnen und versuchen es mit alten Freundschaften, die wegen der Kinder auseinandergegangen sind. Eine besuchen wir, die hat immer ein Kind an der Brust. Schon beim Ersten hat sie über den Mann, der ihr das Kind gemacht hat, gesagt: Er ist mein größter Feind. Dann hat sie noch ein Kind von ihm bekommen. Dann kam das dritte. Das Geld ging nach dem zweiten Kind aus. Böse Blicke und stumme Enttäuschung erfüllten das Haus.

Ich frage nicht, warum sie jetzt drei Kinder haben. Das ist so. Paare zeugen Kinder und dann erst geht das Geld zur Neige, die Liebe, die Freude am Elternsein, und dann schlagen sie die Hände über dem

Kopf zusammen und rufen: Na, so was. Da war niemand, der gefragt hätte: Sind Sie sicher, haben Sie es sich überlegt, wollen Sie das auch wirklich, wollen es alle? Wollen Sie mit dem Mann, den Sie als Ihren größten Feind bezeichnen, allen Ernstes drei Kinder? Wir geben Ihnen mal eines und wenn Sie das schaffen, reden wir weiter.

Ein Paar, das auch ungewollt kinderlos war, ist guter Hoffnung. In ein paar Wochen kommt das Kind. Über die Frau hat man jahrelang geredet, wie schwer sie es hatte und wie hartnäckig sie das Problem geheim gehalten hat, während der Mann nach ein paar Gläsern Wein gesprächig geworden ist und sich mit feuchten Augen sehr interessiert nach der Adoption erkundigt hat. Ich treffe sie bei einem Fest und gratuliere ihr. Ich frage, ob sie erleichtert ist. Da sieht sie durch mich hindurch und sagt: Es ist einfach passiert. Wir wollten eigentlich keine Kinder.

Das geschieht oft. Wenn es einmal geklappt hat, muss man sofort vergessen, dass es lange nicht geklappt hat. Man darf es nicht zugeben. Nicht einmal vor mir. Der Makel der Kinderlosigkeit könnte auf das Kind übergreifen, es abwerten, es behindern. Probleme bei der Fortpflanzung verdunkeln das Wunder des Lebens. Ich beiße mir auf die Zunge, aber ich kann die jahrelange Entbehrung sehen. Sie steht hinter ihr, dunkel und riesig groß, und legt ihre Hände schwer auf die Schultern der Schwangeren.

28.

Stoffwechsel heißt: Energie zuführen und Abfälle beseitigen. Oben rein und unten raus. Unser aller Stoffwechsel. Zuerst der des Kindes. Dann der des Mannes, dann der des Hundes, dann wieder der Stoffwechsel des Kindes. Wenn alle dran waren, darf ich. Dann der Stoffwechsel des Hauses, des Haushalts. Die Wege natürlich zu Fuß, wegen des guten Sauerstoffs, alles miteinander verbinden, das Nützliche mit dem Angenehmen. Das Notwendige mit dem Zweckmäßigen. Einkaufen gehen, mit dem Kinderwagen, der schon vor dem Einkauf gut gefüllt ist, mit der Not-Windel und dem Not-Fläschchen und der Not-Windelunterlage und den obligaten Feuchttüchern; man hat schon so viel mit und nur mehr wenig Platz für die Lebensmittel und Hygieneartikel, die unten in den Kinderwagen und vorne in das Netz geschlichtet werden. Daheim alles verstauen, das Kind füttern, das Altpapier trennen, das Altplastik, den Biomüll und den Windelkübel leeren.

Auch der unfruchtbare Garten hat einen Stoffwechsel.

Wenn das Kind schläft, falle ich über ihn her. Löwenzahn ausstechen. Berberitzen-Schösslinge zupfen. An den Wurzeln einer wuchernden Minze reißen. In den Kübel, auf den Haufen. Der Kopf führt dabei Gespräche.

»Warum bist du nicht glücklich?«

»Ich bin glücklich.«

»Jetzt hast du ein Kind und bist trotzdem nicht glücklich!«

»Ich bin glücklich.«

»Aber du beklagst dich!«

»Ich bin müde.«

»Jetzt hat man dir ein Kind besorgt und du bist undankbar!«

Hört das jemals auf?

29.

Am Spielplatz sitzen wir nebeneinander, Schulter an Schulter. Man redet nach vorne, das Gesicht dem Kind zugewandt. Ich auch. Dialoge sind in Milch und Grieß und Windeln verpackt, silikon- und kautschukdicht. Themen trotten im Kreis. Sätze fallen zusammen mit den Schnullern auf den Rindenmulch. Das sind die Orte und Zeiten der Mütter, das ist ihr Leben, das ich niemals wahrgenommen habe. Ein Mosaik aus allem, was eben dazugehört. Ein Keks, einseitig eingespeichelt. Eine Ahnung von erbrochener Milch. Ein Puddingfleck, mit Spucke abgewischt. Eingetrocknete Milchkrusten im Mundwinkel. Kein Klo in Gehweite, nur ein Café weit weg, ohne Wickeltisch, ohne Schild, dass Kinder unerwünscht sind. Eine vollgeschissene Windel am Wegrand. Die Luft anhalten, heimlich.

Ich habe einen Fleck auf der Hose und wische ihn mit dem Feuchttuch weg. Danach ein neues Feuchttuch, mit dem ich einen Fleck auf der Kinderwange wegwische. Das Kind in ein Feuchttuch schnäuzen lassen. Das Feuchttuch ansehen und auch mal einen Satz sagen: dass man alles mit dem Feuchttuch mache, dass es wie eine Sucht sei, dass man sich dabei erwischt habe, wie man sogar die Klobrille damit abgewischt hat. Niemand antwortet. Ich stelle mir vor, wie ich mich selbst mit dem

Feuchttuch wegwische, mich aus der Reihe der Mütter herauswische, von unten nach oben.

Themen stürzen ab, dauernd. Wo waren wir gerade? Egal! Hauptsache gesund, Hauptsache draußen! Gemeinsam verblöden wir an der frischen Luft und am Abend erinnert sich keine an irgendwas.

Als das Kind schläft, esse ich den Brei auf, den das Kind übrig gelassen hat. Ich schaufle ihn in das Loch hinein, das immer noch da ist. Dann lege ich den Löffel beiseite und gehe nach draußen zu dem Apfelbaum. Noch eine Chance, sage ich zu ihm. Wenn du heuer nicht blühst, schmeiße ich dich aus meinem Garten.

Traum

In Panik laufe ich durch das Haus und suche das Kind. Die Haustür ist offen. Der Pool ist nicht abgedeckt. Das Kind ist ertrunken.

Traum

Das Kind ertrinkt in einem gelben Fluss.

Traum

Das Kind ertrinkt in einem Schwimmteich.

30.

Ganz leise trällert das Mamalied, jeden Tag: Andere desinfizieren das Spielzeug einmal pro Woche. Andere würden nie ihre Kinder vor dem dritten Lebensjahr fremdbetreuen lassen. Andere lassen das Kind gegen Windpocken impfen. Andere lassen es monatlich bei der Mütterberatung wiegen. Andere würden nie Apfelbrei füttern, bevor sie Karottenbrei gefüttert haben. Andere kontrollieren sicherheitshalber die Temperatur des Badewassers mit dem Badethermometer. Andere haben eine kleine Wärmelampe über dem Wickeltisch. Andere lassen das Kind im Elternbett schlafen und nicht im Gitterbett im eigenen Kinderzimmer. Andere Kinder werden bis zum ersten Lebensjahr zweimal pro Nacht gefüttert. Es ist immer eine bessere, fürsorglichere, aufopferungsbereitere Mutter in Hörweite. Märtyrerparade. Opferchor. Aber das sind alles meine Probleme, nicht unsere. Das Arbeitsleben schützt die Familienernährer vor der Mitbestimmung des Banalsten. Vor der Verantwortung des Wichtigsten.

Ich will mich auch schützen. Wieder arbeiten, bitte, ein paar Stunden nur. Ohne das Kind. Ohne auf das nächste Bedürfnis zu warten, den nächsten Schrei, die nächste volle Windel. Ohne bitten und betteln zu müssen, eine Stunde allein sein zu dürfen, ohne Kinderwagen. An einem neuen Konzept arbeiten. Sich durchsehen, was man vor dem Kind gearbeitet hat. Etwas fertig machen, das sich nicht mehr vor dem Kind ausgegangen ist. Zehn Minuten flach auf dem Boden liegen und atmen und allein im Haus sein können. Müssen.

Neue Sätze:

»Warum um Himmels Willen eine Tagesmutter?«

»Das arme Kind!«

»Wozu hast du dann überhaupt adoptiert?«

Ich mache die Tür der Tagesmutter zu und trete aus dem Wir heraus. Ich schlüpfe in mein altes Leben wie in einen feinen Lederhandschuh, der genau passt. Ich laufe, und hinter mir stampft sich das schlechte Gewissen in seinen Takt, das Echo der Angst. Ich arbeite, während mein altes Leben heruntergezählt wird, bis der Handschuh zu klein, zu heiß wird, bis ich wieder die Tür zur Tagesmutter öffnen und ins Wir treten darf. Das Kind hat nicht geweint.

Und dann, eines Abends, beim Grießbrei die Erinnerung an die eigene Kindheit, wie eine Explosion. Die feinen Bröckchen und den sich zu einem braunen See auflösenden Kakao darauf. Und wie man sich als Kind zu dem vorsorglich versenkten Stück Schokolade hingearbeitet hat, das schon geschmolzen ist, als man dort ist. Und wie man als Mutter diesen Grießbrei genauso zubereitet hat, und wie das Kind es isst, so wie ich es gegessen habe. Der

Grießbrei eine Nabelschnur zur Möglichkeit einer Mutterschaft, dass ich genau weiß, wie es geht, das Muttersein, weil ich Kind gewesen bin. Die Verbindung zwischen dem Braunen und dem Weißen, zwischen dem Ich und dem Wir. Ich sehe konzentriert dabei zu, wie das Kind die Farben ineinanderrührt. Wie es den Löffel nicht auf den Brei schlägt, wie es bedacht ist, dass der Brei nicht vom Löffel tropft. Wie ich. Und wie es in der Sandkiste unglücklich ist, weil es Sand hasst. Wie sein Adoptivvater. Und wie es dreckig lachen kann, schadenfroh ist. Wie es beim Lachen den Kopf in den Nacken wirft. Wie es die Musik mag, die wir mögen. Wie ähnlich es uns wird.

Ich entdecke die Donnerstage, die ich mit ganz bestimmten Frauen verbringe. Ich weiß nicht, was diese Frauen von Diemütter unterscheidet, aber ihre Anwesenheit alleine macht schon, dass alles gut ist. Von diesen Donnerstagen geht ein Trost aus, der ins Wochenende reicht. Das Wochenende ist eine Verheißung, deren Grund wir vergessen haben, seit wir Kinder haben und nie außer Dienst sein dürfen. Aber das macht nichts.

Alle haben wir Kinder und trotzdem funktioniert das Gespräch, zwischen Schnuller suchen und Streit schlichten und Windel wechseln und Äpfel schneiden. Alle jammern wir, aber es ist kein Wettbewerb.

Wir sind Mütter und doch Personen geblieben. Die Kinder spielen miteinander, der Kaffee rinnt aus der Maschine und wenn es dunkel wird, machen wir uns das erste Bier auf.

31.

Ich gehe Milch kaufen, Brot, Gemüse, Windeln. Das Kind sitzt jetzt schon in der Klappvorrichtung des Einkaufswagens. Wir verhalten uns völlig unauffällig, wir sind die sterbenslangweilige Mutter-und-Kind-Einheit im Supermarkt. Und doch: Wir sind markiert. Als wären Zettel rundum aufgeklebt. Auf unseren Stirnen, unseren Rücken. Fragt doch, steht darauf, oder: Wir sind anders, starrt uns an. Bohrt eure Bürgerfinger in uns. Beschnüffelt uns. Ganz groß auf dem Kind: UNGEWOLLT. Und auf mir: UNFRUCHTBAR. So tragen wir unsere Schicksale spazieren, und man füttert uns mit Aufmerksamkeit.

Eine ältere Frau fragt, ob sie das Kind angreifen darf. Ich nicke, weil ich mich nicht Nein sagen traue. Das Kind stößt sich nicht daran.

Als die Finger mit den einschneidenden Goldringen in dem flauschigen, schwarzen Lockenkopf versinken, weiß ich, dass ich einen Fehler gemacht habe.

Es gibt Fachbegriffe für das, was ich da erlaubt habe, sogar mehrere: Voyeurismus. Exotismus. Positiver Rassismus. Die Frau holt sich etwas aus der Berührung heraus, sie holt nach, was sie ihr ganzes Leben verabsäumt hat: einem Neger ins Haar zu greifen.

»Diese Haare«, ruft sie aus, »diese Augerln!«

»Naja. Der wird auch einmal groß«, sagt eine, die an der Nebenkassa ansteht.

Als ich die Einkäufe ins Haus trage, sehe ich Blütenknospen auf dem Apfelbaum.

32.

»Und die echte Mutter?«

»Was ist mit der?«

»Kann die das Kind zurückfordern, wenn sie es sich anders überlegt?«

Da gibt es die zweite, erste Mutter. Auf dem Foto, das sie uns gegeben haben, blickt sie in die Kamera, eine dicke, schwarze Frau mit kurzem Haar: müde. Als hätte man sie schon viel zu viel gefragt. Als wäre sie gerne schon längst wieder zurück in ihre Wellblechhütte gegangen, wenn sie nicht der Sozialarbeiterin das Bild versprochen hätte. Ich stelle mir vor, wie sie, nachdem alle Formulare ausgefüllt waren, gesagt haben: So, das hätten wir nun. Für später bräuchten wir jetzt nur noch ein Foto, das ist wichtig für das Kind, später, bei der Identitätssuche. Und wie die erste Mutter sich gefragt hat: Was für ein Gesicht mache ich jetzt. Was soll mein Gesicht meinem Kind mitteilen? Es tut mir leid? Glaub mir, es war das Beste?

Wir hatten es da leichter. Wir konnten von der Festplatte wählen, mit welchem Gesichtsausdruck wir uns um das Kind bewerben wollten. Wir nahmen gleich mehrere Bilder: bierernste, die unsere Seriosität und unser Verantwortungsgefühl unterstrichen; und welche, wo wir lachten, um zu zeigen, wie toll und fröhlich unser Alltag ist.

Das Foto von der ersten Mutter sehe ich mir oft an. Ich würde ihr gerne einen Brief schreiben, ich würde sie gerne aus dem Schatten holen. Danke würde ich gerne sagen, Fotos schicken von dem wunderschönen, gesunden Kind, dem es sichtlich gut geht.

Ich stelle mir vor, wie das sein muss: Phantomschmerz, taubes Hoffen, Starren in den afrikanischen Himmel. Ich weiß, ich werde es mir niemals vorstellen können.

Wir gehen mit Freunden und deren Kindern essen. Als die Kinder in die Spielecke laufen, sieht meine Freundin kopfschüttelnd in ihr Glas. Wie man unverhohlen angestarrt wird mit so einem Kind. Wie die Leute die Hälse verrenken, wenn das braune Kind neben einem hellen Kind herumläuft. Wie sich in den Gesichtern widerspiegelt, dass man es einerseits ungewohnt findet und andererseits gutheißt. Wie wir das aushalten würden?

Meinem Mann und mir ist nichts Besonderes aufgefallen. Wir haben das Rampenlicht nicht gesehen. Wir kennen das ganze Spektrum, wir sind lichtunempfindlich geworden.

33.

Ein halbleerer Tisch. Ein unbenutztes Zimmer. Viele kriegen schon zweite Kinder.

Eine ungerade Zahl. Eine angebrochene Weißweinflasche. Ein vertagtes Gespräch.

Ein zweites Kind?

Andere reden gar nicht lange herum. Die wissen: Die Entscheidung muss aus dem Rückenmark kommen, nicht aus dem Gehirn. Wer halbwegs bei Verstand ist, will zu einem Kleinkind nicht noch ein Baby. Dazu gibt es die Instinkte. Spirale raus, Pille absetzen, ab ins Bett und zack.

Es muss alles wieder von vorne beantragt werden, weil es keine Formulare für Zweitkind-Adoptionen gibt. Es gibt nur Formulare für Erstkind-Adoptionen, und auf denen sind nun mal die Fragen drauf, die schon längst tausendmal beantwortet wurden, entschuldigt sich die Sozialarbeiterin. Ich bin wütend über die Starrheit und die Inkompetenz der Ämter. Ich schmiere die Antworten unleserlich hin und schreibe vor jede Antwort: siehe Antrag Nr. 1. Ich riskiere, dass die Sozialarbeiterin mir nicht mehr wohlgesonnen ist. Ich rüttle an den labilen Säulen unserer zu genehmigenden Elternschaft.

Eine Bekannte warnt mich. Sie kenne diese Adoptivfamilie und jene Pflegefamilie, die sich über unnötige Bevormundungen beschwert haben, denen nun Steine in den Weg gelegt wurden, bis hin zur Androhung, das Kind wegzunehmen, weil man eine instabile Persönlichkeit sei und eine unkontrollierbare Gefahr für das Kind werden könnte.

Wir haben Angst um unser zweites Kind und nehmen uns vor, uns zu beherrschen.

Ich telefoniere, um eine Liste anzulegen, was nun alles auf uns zukommt.

Eine neue Sozialarbeiterin, eine neue Zuständigkeit.

Wenn man es ganz genau nimmt, und das tut man, müssten wir eigentlich auch einen Kurs belegen, den wir vor dem ersten Kind noch nicht belegt haben, weil es ihn noch nicht gab. Weil er damals noch nicht vorgeschrieben war und es jetzt aber ist. Es ist nicht ganz sicher, was von unserer Vorbildung angerechnet werden kann. Um welchen Kurs handelt es sich denn, frage ich. Babypflege, sagt die Sozialarbeiterin, in ihrer Stimme ein Bruch. Es ist ihr peinlich, das kann ich hören. Ich frage, ob das ernst gemeint ist. Ich vergesse, dass ich eine Bittstellerin bin, werde erst sehr ungehalten und dann auch noch frech. Ich sage, dass mein Mann und ich gerne einen Kurs machen würden, allerdings unter einer Bedingung: dass wir Vortragende sind und dafür bezahlt werden.

Diesen Kurs können wir abwenden. Allerdings gibt es gute Neuigkeiten: Es gibt jetzt einen zweitägigen Kurs, der exklusiv für uns und verpflichtend ist. »Geschwisteradoption« heißt er.

Wir sitzen alle im Kreis und signalisieren unendlich viel Duldsamkeit. Es ist Freitagnachmittag. Man informiert uns über den Ablauf des Seminars: Man kann gerne sagen, was einem auf dem Herzen liegt, und alles bleibt unter uns. Der Vollständigkeit halber muss auch gesagt werden, dass Auffälligkeiten, Anmaßungen, Hindernisgründe weitergeleitet werden.

Jedes Paar erzählt seine Geschichte. Es sind die üblichen Adoptivwerbergeschichten, allerdings bereichert um die guten Erfahrungen, die wir alle mit unseren ersten Kindern gemacht haben. Nur ein Paar ist noch kinderlos. Die Frau scharrt nervös mit den Füßen, der Mann teilt der Runde mit, dass ihnen am kommenden Montag neugeborene Zwillinge übergeben werden. Was noch alles besorgt werden muss: ein Zwillingskinderwagen, die zwei Bettchen, einfach alles. Der Kurs ginge aber leider vor. Ohne Kurs keine Babys. Ich habe großes Mitleid mit dem Paar und bin empört über die Starrsinnigkeit der Behörde, die kein Verständnis hat für den organisatorischen Marathon, der der Familie bevorsteht. Ich frage mich, warum niemand kompetent genug ist, eine Ausnahme zu machen. In den Gesichtern der anderen Adoptivwerber ebenfalls Stirnrunzeln, Augenbrauenheben, eine lehnt sich zurück und verschränkt die Arme. Wir sind nicht befugt, unsere

Meinung abzugeben. Wir sind die Antragsteller und den Mund zu halten ist essentieller Teil unserer Adoptivschwangerschaft.

Die Seminarleiterin geht zum Tagesprogramm über und bittet uns, unser Gefühlshaus zu zeichnen. Bitte nicht den Keller vergessen! Ja, auch der Keller ist ein Raum, der ab und an geöffnet werden muss. Ich male Kästchen, Schneckenhäuser, Ornamente in die Windungen. Ich sehe aus dem Fenster, als ob ich über meinen Gefühlskeller nachdenken würde. Es ist ein Schauspiel, und ich spiele die Rolle der oktroyierten Selbstreflexion sehr engagiert, finde ich. Mein Mann nicht so sehr. In seiner Körperhaltung Ungehorsam; er rutscht auf seinem Stuhl herum, während er in seinen Block schreibt, und er sieht aus, als hätte er Blähungen. Was malt er?

Als wir nach dem ersten Tag nach Hause fahren, tobt mein Mann im Auto. Eine Anmaßung, sagt er. Eine Riesenschweinerei. Ich bin glücklich darüber, wie er die Fassung verliert.

Am nächsten Tag leisten wir unseren Beitrag zum zweiten Kind, indem wir bittstellergemäß den Mund abwechselnd öffnen und halten. Es geht heute um Geschwister, sagt die Sozialarbeiterin gut gelaunt. Die meisten von euch sind doch mit Geschwistern aufgewachsen! Wer hat eine älteren Bruder, wer eine jüngere Schwester? Bitte in Gruppen zusammensetzen! Es sind banale Dialoge, die wir zu halten gezwungen werden. Unsere Erkenntnisse sollen wir auf vorgefertigte Buntpapiersprechblasen schreiben und auf der Magnetwand präsentieren. In der Gruppe sind wir uns schnell einig. Unser Gespräch kommt uns so vor, als würden wir uns übers Zähneputzen unterhalten oder darüber, wie viel ein Liter Milch im Supermarkt kostet. Es ist völlig obsolet, darüber zu reden, es ist, wie es ist, und es gibt da wirklich überhaupt nichts zu reden, flüstern wir einander zu, aber wenn sich die Sozialarbeiterin unserer Gruppe nähert, diskutieren wir angestrengt: eine weitere Geburtswehe unserer Adoption. Heraus kommt das Zeugnis über den erfolgreichen Besuch des Kurses »Geschwisteradoption«

Auf dem Heimweg hören wir die Nachrichten im Radio. Aus einem Keller werden eine Frau und drei Kinder, die ihr ganzes Leben dort verbracht haben, befreit. Der Vater hat seine Tochter vermisst gemeldet, verschleppt, vergewaltigt und sieben Kinder mit ihr gezeugt. Eines ist gestorben, drei mussten in den Keller, drei hatte er aus dem Keller nach oben gebracht, auf die Stufen vor sein Haus gelegt und mittels fingierten Briefen und Telefonaten behauptet, die Tochter hätte ihre Kinder abgelegt und den Großeltern zur Obsorge übergeben. Der zuständigen Behörde ist das nicht komisch vorgekommen. Die zuständige Behörde hat einfach so Pflege- und Adoptionsbescheide ausgestellt. Er musste keinen Kurs machen, weder einen Adoptionswerberkurs noch einen Kurs für Geschwisteradoption. Er war ja der Großvater.

Im Freundeskreis gibt es nach allem, was uns widerfahren ist, und nach allem, was in den vielen Fällen von Misshandlungen leiblicher Kinder in den Medien ausgeschlachtet wird, immer noch uneingeschränktes Verständnis für die Hartnäckigkeit der Behörden. Es ist schon gut, dass sie nachsehen, sagen sie.

Ich balle die Faust. Dann verfalle ich einem Wortrausch. Ich verliere die Zunge. Meine Argumente springen am Tisch wie Fische, die ersticken. Ich löse Befremden aus, man weicht von mir zurück. Aber ich geifere weiter. Warum wir? Warum schon wieder dieselben Fragen? Wer schützt die leiblichen Kinder vor ihren biologischen Eltern? Ich schlage mit der Faust auf den Tisch. Meine Spucke fliegt mit.

Man beruhigt mich. Stell dir vor, es ist dein Kind. Du würdest ja auch wollen, dass dein Kind es gut hat. Die Hände erschlaffen und kriechen auf den Schoß zurück. Das hier ist deine Mutterschaft und das hier sind deine Freunde.

Traum

Mein Mann, die Freunde, Bekannte und Mitglieder der Familie sind in einem blauen Büro mit der Produktion unseres Kindes beschäftigt. Ich liege angezogen auf dem Schreibtisch. Sie basteln an mir herum, an meinem Bauch, mit Tacker, einem Lochapparat und unbekannten Instrumenten aus blauem Plastik. Sie arbeiten sich durch das Gewand und es tut auch nicht weh. Ich kann es ihnen gar nicht übel nehmen. Sie bemühen sich so, und trotzdem ist es Verrat. Vor allem mein Mann sollte nicht bei diesen Leuten sein. Aber es sind einfach zu viele. Also sage ich nichts und lasse sie machen.

34.

Liftsummen. Ich steige ein und fahre nach oben. Der gesamte erste Stock des Krankenhauses ist für den weiblichen Unterleib reserviert. Die Station 1A ist für Gebärende. Die Station 1B für den Rest. Man muss schon dankbar sein, dass sie die Patientinnen trennen. Früher haben sie die mit den verlorenen Kindern neben die mit den Neugeborenen gelegt, Bett an Bett.

Heute sind die mit den Verlusten zusammengelegt: Zysten, Tumore, ganze Gebärmütter und Eierstöcke. Embryonen. Jede lässt etwas in ihren Windeln und in den Sonderabfällen des Krankenhauses zurück. Die Leiden sind auf den ersten Blick unsichtbar. Dezent akkumulieren sie in Kübeln.

Am Gang rieche ich das Elend der Frauen. Es vermischt sich hier mit dem Geruch nach dem Glück. Ein süßer, schaler Geruch, desinfiziert, rasiert. Ich nehme mir vor, nicht nach links zu sehen, wenn ich den Lift verlasse und gehe ganz schnell nach rechts in die Geburtshilfe. Die Babys werden in Metallwägelchen herumgeführt. Mütter mit immer noch mächtigen Bäuchen tun erste Schritte. Ihre Wunden sind Trophäen: Breitbeinig watscheln sie durch die Gänge und tragen den Stolz der Märtyrerinnen in ihren Gesichtern spazieren. Ich denke an: Nähte. Wunden. Wochenfluss. Alles zieht sich zusammen. Das Mitgefühl zwingt mich zur Übelkeit, ganz tief taucht es mich mit der Nase in die Schrecken der Entbindung.

Das Zimmer ist gelb. Meine Freundin wirkt darin wie ein Keim im Dotter. Wir umarmen uns. Ich setze mich an den Bettrand, was verboten ist. Von außen erdrückt der Februar den Morgen. Ich kenne dieses Haus, diese Hochnebel. Kartoffelpüree und Rindfleisch unter dem Metalldeckel mit Fingerloch. Das winzige Kind schlafend, durch seinen ersten Traum tapsend. Da, die Netzwindeln in ordentlichen Stapeln im halbgeöffneten Kasten. Still höre ich zu, als sie mir von den Wehen erzählt, den Schmerzen, dem Schrei. Das Haus erkennt mich jetzt auch. Hör genau zu: Das alles hast du versäumt, flüstert es. Ich gratuliere ihr, ich berühre das Kind am Kopf. Nein, danke, ich möchte es nicht halten. Ich traue mich nicht.

Ich werde es immer bleiben. Kinder kommen und wachsen. Aber ich werde immer die sein, die es nicht geschafft hat. Tränen stecken fest. Andere erwarten ihr zweites Kind, während ich meine Eizellen Stück für Stück abstoße. Ich zähle. Das große Einmaleins: Seit ich ein Kind will, habe ich 60 Zyklen verblutet. Mein Kind schläft im oberen Stock und ich heule, obwohl ich ohnehin kein Kind gebären will.

Dass ich traurig bin, machen die anderen. Alle tun, als wären wir ganz normal. Aber das sind wir nicht. Sie können es mir nicht recht machen. Mein

Kind ist mein Kind und doch wieder nicht. Wer von der Norm abweicht, muss erklären. Ich erkläre mich: als soziale Mutter. Ich erbringe Beweise, indem ich lebe.

Traum

Schmaläugige Anamnese. Mein Leib dient als Anatomiemodell aus Kunststoff. Ich sehe ganz genau, was passiert. Ein Gremium aus murmelnden Gynäkologen hebt Organ für Organ heraus und betrachtet meine Dysfunktion. Röhren aus Plastik verzweigen sich ins Dunkel der Bauchorgane. Schläuche verstopfen. Höhlen verwachsen. Spermien schlängeln zu langsam. Eizellen schotten sich bockig ab. Die Einnistung. Das feinstoffliche Gefüge der Hormone. Genetische Inkompatibilität. So viele Möglichkeiten. Sie schütteln den Kopf. Ein Wunder, wenn alles klappt. Das Problem ist immer in der Schicht darunter, Teil für Teil wird herausgehoben, bis sie bei meiner Rückseite angelangt sind.

Sie haben ein richtiges Loch gemacht.

35.

Wer hätte gedacht, dass es beim Gynäkologen noch schlimmer werden kann. Der Stuhl. Die Käferhaltung. Die Bügel. Das Metall. Das Spreizen. Das Abtupfen mit dem Stäbchen, das man spürt wie ein außerkörperliches Kratzen. Ich kenne das alles, aber es hat jetzt absolut keine Berechtigung mehr. Nutzlose Organe werden betastet, beleuchtet, auf Krankheiten untersucht. Wenn keine Kinder kommen, kommt der Krebs vielleicht eher. Das sagen die Zahlen. Warten, dass es vorbei ist. Der Gynäkologe ist ausgewechselt worden. Er ist nett, aber bei mir ist nichts mehr zu holen.

Das Ultraschallgerät tastet mein Inneres ab wie ein Parasit. Schwarzweiß zeichnet sich meine leere Gebärmutter auf dem Bildschirm ab, ein geneigtes Schnäbelchen mit klar abgegrenzter Membran, wie im Lehrbuch. Er stutzt. Da steht eine Träne von der Membran weg. Ein Polyp, sagt der Gynäkologe. Ich werde zornig. Er beschwichtigt mich, man könne warten, beobachten, kein Grund zur Beunruhigung. Ich bin nicht beunruhigt, ich bin zornig. Ich nehme es persönlich.

Wir schweigen, betrachten das schummrige Bröselbild, ich sehe den Polypen feindselig an. Wenn schon kein Kind wächst, warum ein Polyp? Hinter dem Vorhang wische ich mir das Gleitmittel hastig ab. Auf dem Heimweg nehme ich Kontakt zu meiner Gebärmutter auf. Sieh zu, dass du den los wirst, oder ich schmeiße dich raus.

36.

Wenn es um den optimalen Altersabstand von Kindern geht, sind alle Experten. Aber die wahre Expertin ist Mutter Natur. Ich schreibe mit:

»In unserer Familie sind alle sehr fruchtbar!«

»Nur einmal schnackseln und zack!«

»Nur einmal nicht aufgepasst und Hollodaro!«

»Trotz Kondom und Pille schon wieder schwanger!«

»Ja, wir sind offensichtlich Fruchtzwergerln!«

»Na, jetzt müsst's euch aber anschau'n, gell!«

»Na, wart mal ab – jetzt nach der Adoption wirst bestimmt schwanger!«

Adoptieren heißt: bewundert werden, auch noch beim zweiten Kind. Der doppelten Großherzigkeit bezichtigt werden. Als wäre da kein Funken Egoismus. Als wäre eine Adoption nichts Eigennütziges. Wenn sie sagen: Das bewundere ich, möchte ich am liebsten schreien: Ich wollte Kinder, ihr Trottel! Genau wie alle anderen auch. Darf ich das nicht? Muss ich die Welt retten wollen, nur weil ich zwei schwarze Kinder adoptiere?

Viele verstehen nicht, dass ein leibliches Kind keine Qualitätsgarantie ist. Die glauben, dass sie ausschließlich ihre guten Merkmale vererben. Sie nehmen sich vor, die nicht vererbungswürdigen Eigenschaften einfach nicht zu vererben. Die hässlichen Quadratschädel, die dicke Schweinsnase, das schlechte Zahnmaterial, die quälende Neurodermitis, die inoperable Hüftfehlstellung, der virulente Blutkrebs, der unsympathische Jähzorn, der winzige Hasenkopf, der spuckesprühende Vorbiss. Ich sehe mir genau an, wie sich diese Eigenschaften weitervererben.

Meine Kinder werden mir nie ähnlich schauen.

Ich arbeite, ziehe das Kind groß und mache hie und da einen Schwangerschaftstest. Ich wünsche mir heimlich, dass die Tests negativ sind. Wenn sie negativ sind, betrinke ich mich.

Beim Laufen treibe ich alles zusammen, was sticht. Dann schwimmt es obenauf, und ich kann es verspritzen und verschütten. Ich spucke und schnäuze und schwitze und schreie. Bis der Stoff wechselt. Da springen zuerst die Rippen auf und dann die Haut. Darunter kommt das Gesicht einer Percht hervor: holzig, riesig, wutentbrannt. Flüssigkeitsabsonderung inklusive aller Spezialeffekte. Der Alpenostrand ist blaugrün und stellt die perfekte Kulisse dar. Dort zwischen den Rebstöcken in den Weinbergen fließt mein Gift talwärts.

Traum

Da ist eine zerknitterte Landkarte, die ich gefunden habe. Ich breite sie vor mir aus und entdecke neue Wege, die ich mit dem Finger nachfahre, aber wegen der Falten im Papier nicht sehen kann. Ich streiche und streiche, es wird nicht glatt.

Traum

Das Kind ist groß und kann schon gehen. Ich stehe am Balkon und beobachte es. Das Kind öffnet die Tür, läuft auf die viel befahrene Straße. Ich stehe wie in Beton, mein Schrei ist heiser, unhörbar. Ich habe alles falsch gemacht.

37.

Wenn ich Fragen über die leibliche Mutter meines Kindes beantworte, steigt allen Müttern saftig das Mitleid in die Augen. Das Mitleid gilt allen Beteiligten, mich ausgenommen. Denn nur Mütter wissen, was nur Mütter fühlen. Sie ergießen ihre Gefühlssoße über die ganze weite Welt.

Im Fernsehen bringen sie ausgerechnet jetzt Familienzusammenführungen. Adoptivkinder suchen ihre leiblichen Eltern und umgekehrt. Mütter schauen sich solche Sendungen gerne an. Ich muss dann immer mitweinen, sagen sie. Ich sehe mir das an, während ich meinem Kind gründlich den Kot zwischen Hoden und Schritt abputze. Tränenreich fallen sich zwei Fremde in die Arme. Die Eltern, die 30 Jahre da waren, Mama und Papa genannt wurden, getröstet haben, gewickelt, geheilt, geredet und sich gesorgt, sind im Sendeschema nicht aktiv eingeplant. Sie sitzen im Publikum, ein paar Sekunden werden sie dabei gefilmt, wie sie Verständnis aufbringen. In ihren Gesichtern nichts als zulässige Emotionen. Braun und nach Maggi riechend blubbert die Familiensoße.

Wir Adoptiveltern sind gut abgerichtet. Leiblichkeit ist alles: Gene, Herkunft, Biografie. Muttererde, Vaterland, Blutsbande. Wir verstehen ja eh. Das haben sie uns in den Kursen eingebläut. Blut ist Blut, und Papier ist Papier. Da können wir nicht mithalten. Gekonnt wickle ich die Windel zu einem dichten Päckchen. Ich habe taube Briefe im Kopf, die allesamt unmöglich sind. Die packe ich gleich auch mit ein.

Traum

Einfach rausoperieren. Das Organ mit seiner Entfernung bezahlen lassen. Delogierung: jetzt, sofort, hier am Küchentisch. Den Bauch aufschneiden, die Bänder trennen, das Organ entnehmen. Blut klebt auf gelblichen Latexhandschuhen. Es achtlos werfen. Ein Metallkübel, Deckel auf, ein schepperndes Geräusch anstatt eines Tritts. Schuld beglichen.

38.

Das Kind ist im ersten Stock des Hauses, als im Erdgeschoß der Urgroßvater stirbt. Der Urgroßvater und das Kind haben einander lieben gelernt. Es hat mit den Gehhilfen und Krücken gespielt, der Urgroßvater hat gelächelt, wenn es auf Besuch kam. Das Kind ist vor dem Rollstuhl gestanden und die beiden haben Therapiebälle hin und her geworfen. Das braune Urenkerl war das einzige, das nie verwechselt wurde. Als ich das Treppenhaus hinaufgehe, spüre ich den Nachhall des Todes. Etwas bleibt da zwischen dem toten Urgroßvater und dem afrikanischen Adoptivkind, ein überdrehter, luzider Antagonismus. Das ist es, was mir die Gänsehaut macht. Diese Verbindung. Das Ende und der Anfang.

Im Fasching sehen wir nicht so bunt und fröhlich aus, wie wir sollten. Ich sehe nicht aus wie Pippi Langstrumpf, sondern wie eine böse Hautkrankheit. Das Kind mag das Marienkäferkostüm nicht. Ängstlich und schwer klammert es sich an mich, die Fühler wackeln. Wir gehen aus dem Lärm. Jemand gibt uns einen Krapfen und schaut dem Kind dabei zu, wie es isst. Weißer Zucker auf brauner Haut, und in der Mitte lacht der Marmelademund.

Ich habe einen Fehler gemacht. Ich habe darauf gewartet, dass es wieder normal wird. Aber das wird es nie. Das hier ist das neue Normal.

39.

Alle wollen die Haare des Kindes angreifen. Ich kann es nicht immer verhindern. Das Kind mobilisiert die sauer gewordene Liebe der Leute. Wie bei einem kleinen Kätzchen werden sie weich, affig, fiepen und piepsen in den Kinderwagen. Besonders die, die wie Rassisten aussehen.

Das wird sich ändern, wenn das Kind aus dem Kleinkindalter draußen ist. Das Angreifen wird weniger werden. Die Sprache, der Dialekt werden sehr wichtig werden. Fußball wird es. Barack Obama wird es. David Alaba wird es. Freunde werden wichtig werden. Unmittelbarer Rassismus wird aus den unmöglichsten Ecken kommen.

Unser Antrag auf ein zweites Kind verlässt das Land. Wir errechnen Möglichkeiten, optimale Altersabstände, wir puzzeln mit unserer Zukunft. Wir werden anfangs sehr zuversichtlich sein und noch nicht wissen, dass es Jahre dauern wird, bis wir ein zweites Kind bekommen werden, weil Wahlen in verschiedenen Ländern, Umzüge, Missverständnisse und behördliche Befindlichkeiten dazwischen kommen werden. Vielleicht wird unser Dossier hinter einen Schreibtisch gefallen sein. Irgendwann werden die Gründe für die Verzögerung ausgehen und es wird einfach keinen Grund, keine Erklärung mehr geben.

Der optimale Abstand zwischen den beiden Kindern wird sich vergrößern, und unser Vorstellungsvermögen über unsere Familie wird mitwachsen, bald werden es vier, fünf Jahre Altersabstand sein, die wir uns ganz gut vorstellen können. Unsere Geduld wird gedehnt werden wie eine Haut, und viel Ungeplantes, Wunderbares wird hineinpassen – ein neues Haus, ein neues Leben, eine neue Besonnenheit. Nur die Verzweiflung über das Gefälle zwischen Kinderwünschen und Kinderkriegen wird die alte bleiben, haargenau so wie beim ersten Kind.

40.

Das Kind nimmt meine Wangen mit beiden Händen. Es sieht mich kurz todernst an. Dann lächelt es wieder kindlich, drückt seine Wange an meine. »Mama Mimi.«

Danach geht es zu meinem Mann, macht dasselbe. »Papa Pipi.« Dann zieht es unsere Köpfe zu sich, quetscht sich dazwischen. »Alle Mimi.«

Das andere Kind ist noch nicht geboren, aber es wird seinen Kopf einmal zwischen unsere Köpfe drängen und mitmachen.

Zeit schmeichelt um unsere Beine.

Traum

Mein Mann und ich besuchen das größte Schneckenmuseum der Welt. Ein rundes Gebäude, im Zentrum ein riesiger Nautilus, und sternförmig Hunderttausende kleine Boxen mit Schnecken darin. Sie liegen überall zur freien Entnahme; eine Schnecke sieht aus wie eine Dörrpflaume. Ich stecke sie in die Hosentasche, zu dem leeren Weinbergschneckenhaus dazu, das im Traum immer da ist. Ich spüre, dass die Dörrpflaume zum Leben erwacht ist und in das Haus krabbelt. Das kitzelt und ist mir unheimlich, aber ich vertraue auf meine Hosentasche – die weiß, was zu tun ist. Später werde ich nachsehen, wie die Sache ausgegangen ist; aber erst, wenn die Hosentasche fertig ist.

Nachwort

Diesem Roman liegt ein Text zugrunde, der 2010 unter dem Titel »Mutter auf Papier« bei Arovell erschienen und mittlerweile vergriffen ist. »Mutter auf Papier« habe ich als fragmentarische Prosa bzw. dokumentarischen Essay konzipiert und passte somit in keine literarische Gattung.

Nun habe ich mich für eine längst fällige Umarbeitung und Aktualisierung dieses Buches entschieden.

Zwischen Erstfassung und Überarbeitung sind sieben Jahre vergangen, was den Textkörper »nachreifen« ließ; Wichtiges wurde ergänzt, obsolet Gewordenes eingespart, und die fragmentarische Struktur, die mir überholt erschien, hat sich zu einer kompakten Textform weiterentwickelt.

Ich bin zuversichtlich, dass der Roman in dieser nun vollständigen Version, einlösen kann, was ich ihm damals als Versprechen abgerungen habe: dass es jenes Buch über alternative Elternschaft ist, das ich während der Zeit unserer Familiengenese so gerne gelesen hätte.

Gertraud Klemm, Oktober 2015

Literatur

kremayr scheriau

Geschichten von Begegnungen und Beziehungen

Synke Köhler
Kameraübung

Erzählungen
ISBN 978-3-218-01024-5
€ (A, D) 16,90
Auch als E-Book erhältlich

Was passiert, wenn ein Fremder auf ein Grundstück kommt, schweigend im Gras sitzt und einfach nicht verschwinden will? Was, wenn eine Mutter auf einer Gebirgswanderung plötzlich allein auf einen anderen Weg abzweigt?

Besonderheiten des Alltags sind es, die Synke Köhler in ihren Erzählungen einfängt, oft sind es kritische Momente zwischen zwei Menschen, die so leise sind, dass sie beinahe unbemerkt bleiben.